ALFONSO e NICOLA VACCARI

IL SENTIERO
DELLE LUCCIOLE

ISBN : 9781911424017
SKU/ID: 9781911424017

Copyrighted Work by Patamu.com
Register No. 24564

Cover design by Wolf
Book design by Wolf
Editor: Wolf

Publishing Company:
Black Wolf Edition & Publishing Ltd.
2 Glebe Place Burntisland KY3 0ES, Scotland
www.blackwolfedition.com

*Ci preme ringraziare l'amica Laura Fiori
per i suoi preziosi consigli.*

Alfonso e Nicola Vaccari

NOTA DELL'EDITORE:

Ho editato questa opera in quanto ritengo sia un romanzo molto ben scritto.

Un romanzo in cui credo e con piacere ho messo il cuore per editarlo.

La stesura e il linguaggio usato dagli scrittori lasciano che la mente faccia riaffiorare quelle sensazioni e profumi giovanili che accendevano un immaginario erotico travolgente, anche solo vedendo una gamba più scoperta del normale.

Decisamente un romanzo dalle mille sfaccettature, da leggere e gustare in piena tranquillità, riassaporando la poesia di un linguaggio oramai dimenticato e deturpato nella lettura erotica moderna.

Un romanzo, dove ci si può realmente soffermare e chiudere gli occhi, lasciando che la nostra mente possa immergersi assaporando appieno le situazioni e le scene descritte con maestria dall'abile penna dei due gemelli Alfonso e Nicola Vaccari autori di quest'opera.

Wolf
(L'Editore)

"I miei sogni sono lucciole, perle di un animo ardente.
Nelle tenebre calme della notte lampeggiano in frammenti di luce."

(Rabindranath Tagore)

"Era uno sciame di lucciole che lente e mute si aggiravano per quella notte calda e palpitante."

(Hermann Hesse, Klein e Wagner)

PREFAZIONE

Questo romanzo vuole prima di tutto far assaporare al lettore il valore assoluto del ricordo, la memoria che diventa l'eco di sensazioni e disincanti, di passioni, sottili percezioni ed emozioni tipici dell'età della fanciullezza; di quello stato di grazia che determinerà, in ognuno di noi, l'intera nostra esistenza e coronerà il nostro mondo interiore. L'erotismo è già presente nella vita stessa, basta avere la sensibilità di saperlo riconoscere affinché sveli il suo messaggio di bellezza e di profondità. Certi richiami della natura stessa che ci circonda, e l'inenarrabile splendore della bellezza femminile, già ci colgono con prorompente forza negli anni della nostra prima giovinezza, anche se non ne comprendiamo subito il valore sacro nel rivelarsi a noi ancora timidi e impreparati; tuttavia ne restiamo soggiogati e quasi storditi. Ma durante la nostra vita, che man mano si contaminerà con l'avanzare del tempo e quindi degli anni, il ricordo di questo incanto appena sfiorato e assaporato, tornerà a cicli alterni a bussare nel nostro cuore e nei nostri ricordi assopiti.

Con "Il sentiero delle lucciole", abbiamo voluto dare forza e spessore alla persistenza di una memoria che proustianamente può ritornare a riaccendere sensazioni e profumi, passioni e trepidazioni provate nella nostra cara giovinezza. Nel caso di questo romanzo l'emblema che riassume tutto questo meraviglioso idillio di bellezza e di sensualità, sono le "fanciulle in fiore", le ninfette incontrate in una semplice vacanza, in un agriturismo inventato, di un paese ideale, ma che tutti sicuramente possono aver vissuto e conosciuto. La natura quasi incontaminata, in tutta la sua spaesante bellezza, che fa da scenario irrinunciabile attorno alle ragazze, è ancora una volta il sogno di ritrovarsi dentro a quel paradiso che il tempo sembra averci portato via.

I fatti narrati sono piccoli e grandi flashback che la narrazione ricostruisce come un passato proiettato anche nel mondo attuale. Quei ragazzi vivono e provano sensazioni fortemente erotiche, come dentro ad un avventuroso gioco infantile che pare quasi appartenere al vissuto di un adulto. È la realtà che molti adolescenti si trovano a vivere, inconsapevoli che quello stato di grazia forse non si ripeterà più, o almeno... se si riconfermerà, nell'età adulta non sarà più assaporato con tutto quell'incantesimo, ricco di sensazioni tanto intense, come allora.

Alfonso e Nicola Vaccari

NOTA D'AUTORE:

Tutti gli eventi qui descritti sono frutto di pura fantasia. Qualsiasi analogia con fatti, luoghi e persone viventi o scomparse, è puramente casuale.

Capitolo I

LA MANDRAGORA

A.N.Vaccari 2015

I

La Mandragora

In una conca lussureggiante, tra le foreste Casentinesi, su per la valle di un certo fiume, è incastonato un piccolo borgo, dal nome suggestivo: **Monteluna**. Tra la Romagna e la Toscana, questo è un luogo tra i più caratteristici del crinale appenninico. Scelsi l'agriturismo **La Mandragora** che si trova sopra il paese, su su per una strada che si inerpica sino alle foreste Casentinesi, un luogo ideale per una vacanza di pace e tranquillità, in alternativa alla solita, animata riviera. Decisi di partire per Monteluna dopo la prima settimana di agosto giungendo alla pensione La Mandragora alle dieci del mattino. Avevo lasciato l'opprimente calura della città, finalmente, ed ora respiravo l'aria salubre delle montagne verdeggianti di abetaie con una soddisfazione piena e corroborante, sia per la mente che per il fisico. Inoltre avevo deciso di imparare ad andare a cavallo e di prendere lezioni di equitazione, tutti i giorni, da Maria e Gino, la giovane coppia di gestori della pensione, due ottimi insegnanti, che già un mese prima avevo avuto il piacere di conoscere, essendo venuto preventivamente a visitare il posto delle mie prossime vacanze. Vi sarei rimasto poco più di due settimane, e già pregustavo, in quella soleggiata mattina, tutto il beneficio di quella permanenza. Parcheggiai la Fiat Punto nello spiazzo di fronte alla rustica casa della pensione La Mandragora, con l'ampio maneggio alla mia destra e davanti a me, a perdita d'occhio gli alti monti con le creste verdissime degli alberi, di fitte abetaie sotto un cielo turchino, e tutt'attorno prato verde nei dolci pendii del terreno, interrotti dalla strada sterrata ed acciottolata che conduceva giù in fondo alle stalle. Poco prima di queste ultime, vidi in lontananza il lungo bungalow di legno verniciato di un colore marrone rossastro, sul terrapieno alla mia sinistra. Sovrastante la pensione, la massa compatta di abeti si ergeva possente sul declivio, cosparso da un tappeto di aghi secchi, un bosco che emanava un profumo balsamico di erbe aromatiche, alla fine del quale era montata una pensilina con sottili canne. Una staccionata la recintava: lì si serviva il pranzo all'aperto ai visitatori su lunghi tavoli rustici con lunghe panche. Dopo l'erta salita dal paese alla Mandragora, su per il sentiero stretto e sconnesso, colmo di curve ove alla mia destra si gettava uno strapiombo piuttosto impressionante per le mie abitudini cittadine, mi sentivo ora rassicurato di essere giunto a destinazione in quel luogo che ispirava una pace incantata, un'impareggiabile felicità...

Scaricai i bagagli in fretta, sudato dalla guida appena conclusa, e presa la mia borsa da viaggio a tracolla e lo zaino, mi diressi su per la salita dello sterrato ciottoloso e scosceso antistante la casa, sino ad entrare. Era una costruzione a due piani, in pietra, con il tetto spiovente in tegole d'ardesia che sporgeva considerevolmente dalle facciate, eretta sul terreno inclinato e con un camino sempre in pietra, al centro. Era di una deliziosa rustica eleganza. Sul lungo fianco della costruzione erano quattro graziose finestre con persiane in legno chiaro appartenenti al piano superiore, mentre al piano terra altre quattro piccole finestre erano separate dall'entrata principale. Su uno dei lati più stretti, si protraeva una bassa muratura con tettoia discendente, che in un primo tempo pensai fosse la cambusa, ma che poi si rivelò essere una stanza in aggiunta. Aveva una piccola finestrella sul lato più basso.

Dabbasso, varcai l'uscio, oltrepassando una tendina fatta di striscioline di plastica multicolori. L'interno era tutto di legno, con grossi tavoli massello con lunghe panche, e pure il bancone del bar era rivestito di assi di legno. Quel salone era diviso in due ambienti comunicanti. Anche il pavimento era in legno e appena entrai le mie scarpe scricchiolarono sulle assi consunte. C'era un piacevole odore di cavalli, di biada, di stivali e di selle, e questo odore mi rimarrà per sempre nella memoria, come una miccia pronta a riaccendere i ricordi di ciò che vissi in quel luogo. Pensai che si respirava un'atmosfera decisamente da Far West!

Sedute a uno dei tavoli, stavano due persone che bevevano birra in grandi boccali, silenziose, portavano stivali muniti di speroni e un cappello in testa alla *cowboy*, e la mia fantasia li collocò in un fumetto di *Tex*. Maria mi venne subito incontro, uscendo da dietro il bancone.

«Ben arrivato Lorenzo. Se attendi un minuto ti mostro la stanza.» Le strinsi la mano sorridente. Fui espansivo come al mio solito:

«Ciao carissima, grazie! Che bello essere qui!»

«Mi fa piacere; già quando venisti la prima volta ne fosti entusiasta, no?» disse Maria col suo fare suadente e gentile.

«Certo, e mi sembra ancora più bello! Starò benissimo, ne sono convinto.» dissi io continuando a sorridere gioioso.

Maria era una donna magra e di bell'aspetto, sulla quarantina, capelli neri, corti e vestita molto semplicemente, con camicetta country, gilè e un paio di vecchi jeans. Era anche lei un'artista, in quanto aveva studiato all'Istituto d'Arte.

Quando le dissi al primo incontro che ero pittore, tra noi fu come un riconoscersi tra estrosi creativi, come due esseri appartenenti ad una "stessa razza"! L'accesso alle camere era sia dall'interno, sia dal lato della casa che dava sulla strada. La mia era una stanzetta confortevole, al piano superiore; c'era un letto a castello e un vecchio ma robusto armadio. Poggiai i miei bagagli in un angolo, dopo che Maria ebbe spalancato le persiane di una finestra sulla parete sinistra e la forte luce del giorno illuminò la stanza, svelando un tavolo con sedia, proprio sotto di essa. Da lì avevo una splendida vista del maneggio dall'alto.

«Dentro l'armadio troverai degli asciugamani. Mettiti comodo, ti aspetto all'una per il pranzo.» disse Maria spostandosi verso l'uscita.

«Perfetto, grazie! E Gino?» chiesi mostrando desiderio di rivederlo.

«È alle scuderie, dopo puoi andarlo a salutare.»

Gino, marito di Maria, era un uomo che aveva superato la quarantina, alto, magro, un fisico temprato e asciutto, prestante; portava capelli lunghi e barba su un viso scavato.

Il suo aspetto era quello di un *cowboy*, sempre vestito con stivali e speroni, anche lui in stile country; camicia con maniche arrotolate, jeans e cappello naturalmente da *cowboy*. Ma soprattutto esperto cavallerizzo, molto simpatico, decisamente alla mano, seppur intransigente. Una persona francamente unica nel suo genere.

Rinfrescato e riassettato un poco, scesi incamminandomi verso le stalle, sotto un sole che picchiava considerevolmente. Volevo rivedere e salutare Gino e godermi la vista dei cavalli.

Il maneggio di fronte a me era vuoto, nessuno che vi cavalcava. Ma poco dopo mi accorsi che dalla stalla veniva un cavaliere su di un cavallo bruno.

Presto mi accorsi che il cavaliere era un'amazzone, una fanciulla con una lunga coda raccolta dietro il berretto da equitazione. Man mano che mi avvicinavo, oltrepassato il bungalow alla mia sinistra, la potei vedere sempre più distintamente. Era vestita in perfetta divisa da cavallerizza: pantaloni da equitazione beige e stivali neri, cap nero e frustino alla mano. Lo stile della cavalcatura seppi poi che era all'inglese. Fu una visione inaspettata! La giovane fanciulla dal fisico atletico e armoniosamente femminile, spronò immediatamente il cavallo al galoppo con elegante stile.

Era evidente la sua capacità; cavalcava magnificamente. Fece un giro del maneggio, con oscillazione del bacino in perfetto ritmo con l'andatura del cavallo in corsa, poi si diresse al centro e, con scatto elegante, si alzò sulle staffe mentre il cavallo si prestò a saltare. Con un salto oltrepassò l'ostacolo, un salto perfetto, accompagnando il movimento del cavallo in grande scioltezza, per ritornare poi in assoluta postura eretta con la schiena, passando dal galoppo al trotto. Ne rimasi ammirato ed affascinato; mi accorsi che era bella, molto bella, un viso delizioso. Riuscivo a distinguere molto bene le grazie di quelle forme, nonostante mi trovassi lontano da lei. Ormai ero arrivato alle stalle, ove un forte odore di sterco di cavallo, di cuoio e fieno mi investì all'improvviso. Ma quell'odore acre mi inebriò. Udivo il ronzio dei tafani, lo scalpiccio degli zoccoli delle bestie rinchiuse nelle stalle, e scorsi Gino di spalle intento a strigliare un magnifico stallone marrone scuro. Sentendomi arrivare si voltò e riconoscendomi mi accolse con un bel sorriso. Aveva la fronte imperlata di sudore, le spesse vene bluastre erano ben visibili sugli avambracci magri. Sembrava un tutt'uno con quel luogo e quel lavoro, un selvaggio che poco spartisce con la civiltà urbana; non ce lo vedevo proprio in città.

«Ohilà Gino!» dissi tendendogli il braccio.

«Oh bene! Sei arrivato Lorenzo, ciao.» mi rispose stringendomi la mano.

«Come va?» gli chiesi battendogli sulla spalla.

«Si lavora sempre, c'è tanto da fare... ma tutto ok!»

«Immagino Gino. Non vedevo l'ora di essere qui a La Mandragora, sai? Mi si prospetta una bella vacanza» dissi io agevolmente e sprizzando entusiasmo, e di tanto in tanto buttavo l'occhio sulla fanciulla che continuava a galoppare.

«Certamente, una bella vacanza, vedrai! Che fai più tardi, cavalchi?» Gino continuava a spazzolare il fianco del cavallo.

«Più tardi certo. Sono passato a salutarti. Magari nel pomeriggio. Maria mi farà lezione?»

«E come no? siamo qui a *posta!*» rispose Gino con un sorriso a piena dentatura.

«Me ne dai uno tranquillo, vero?» mi raccomandai con un ammiccante gesto del capo.

«Ovvio, si inizia sempre con un cavallo mansueto, non temere, ci penserà Maria.»

«Sì, ovvio...» risi e aggiunsi, «sono in ottime mani!»

Le scuderie, coi vari box, avevano un ripostiglio stracolmo di cap, redini coi morsi, imbragature, selle e frustini e altri finimenti da equitazione. Ad un certo punto Gino guardò in direzione del maneggio, si parò gli occhi col palmo della mano, strinse le palpebre e fissò lo sguardo sulla fanciulla che aveva di nuovo spronato il destriero al galoppo. Andava come un fulmine!

«Pianooo...! vai pianooo Estella!» urlò Gino.

«Sìììn... Ok!» rispose la ragazzina da lontano. Estella, si chiamava quella soave creatura. Che voce squillante e ondulata!

Mi rivolsi a Gino in tono d'ammirazione:

«È molto brava!»

Ma non rispose e riprese ad urlare all'allieva:

«Quando salti piegati di più sulle ginocchia.»

Estella fece un cenno con una mano, in segno di aver capito.

«Ci riprovo Gino!» aggiunse e ripartì al galoppo.

«Sì ma non lanciarlo in quel modo!» poi si rivolse a me:

«Sì, è brava, tra le migliori sicuramente, ma a volte si lascia prendere troppo la mano.»

Dopo avere ammirato un altro perfetto salto di Estella, mi accomiatai da Gino. Tornando indietro mi fermai a metà percorso appoggiando gli avambracci ad una delle traverse della staccionata che circondava il maneggio e mi misi ad osservare più da vicino la bella Estella cavalcare. Portava i lunghi capelli ricci castano chiaro raccolti a coda dietro il cap, poteva avere al massimo diciassette anni. La ragazzina, ora consapevole che la stavo guardando, parve lusingarsi della mia attenzione, lo si capiva da come cercava di condurre al meglio, nello stile, la cavalcatura. Ogni tanto, quando passava il più vicino possibile alla staccionata dalla mia parte, mi dava un'occhiata furtiva e timida, come per indagare dal mio sguardo il livello della mia supposta ammirazione, palesata dal mio sguardo fisso su di lei. Ovviamente era ignara del mio digiuno in fatto di equitazione, ma mi sembrò — forse da come la esaminavo — che si fosse resa conto che ero un principiante, o per lo meno inesperto. Quando si esibì in un nuovo, ai miei occhi, spettacolare salto, mi venne spontaneo applaudire, e urlarle:

«Brava!»

Fu allora che Estella voltò il viso per la prima volta dalla mia parte sorridendo. Ed io ricambiai suadente. Dopo qualche altro giro di maneggio al trotto, la bellissima fanciulla si avvicinò alla staccionata e fermò il cavallo davanti a me. Ora la vedevo in tutta la sua completezza. Sorrideva con la bocca e con gli occhi, due bellissimi occhi celeste chiaro, color acqua marina. Esercitava molta attrattiva su di me, nella sua divisa da equitazione e con quel portamento elegante; i pantaloni chiari aderentissimi le mettevano in risalto le grazie delle forme femminili. Vedevo la curva armoniosa dei glutei che premevano sulla sella e le belle e lunghe cosce stringere vigorosamente i fianchi del cavallo.

«Salve, mi chiamo Estella...» disse, mentre con qualche strattonata di redini cercava di tenere ferma la bestia che scalpitava lievemente. Stavo per presentarmi, ma poi il cavallo alzò la testa all'improvviso, costringendo la giovane amazzone a retrocedere un tantino col busto. Il cavallo indietreggiò di qualche passo.

«Buona, su, buonaaa...» disse Estella accarezzando l'animale dolcemente sul collo. Sorrise di un sorriso dolce e fiero, spalancando i bellissimi occhi chiari. Finalmente mi presentai facendole poi i miei complimenti; le spiegai che ero arrivato da un paio d'ore e che avrei preso lezioni di equitazione da Maria nel pomeriggio e che era la mia prima lezione.

«Da quant'è che cavalchi, Estella?»

«Questo è il quarto anno, ormai. Ho una grande passione per i cavalli. Spesso vengo qui da Maria e Gino per cavalcare, per fare progressi e perfezionarmi nello stile.»

«Beh, a quanto pare i risultati sono più che eccellenti, direi!» dissi con slancio, abbozzando un altro sorriso.

«Grazie.» rispose con tono umile. «Mah, sono contenta, sì, ma ho da lavorarci su ancora tanto! Hai sentito come mi pizzicava Gino, prima, negli errori?» rise di un riso soave.

«Sì, ma si sa, i maestri sono sempre piuttosto esigenti...» risposi a suo vantaggio.

«È vero. Ed è giusto!» Estella annuì con uno scatto del viso che la rese ancora più graziosa.

«Comunque devo dire che bellezza e bravura determinano il tuo fascino.» aggiunsi con maggior affabilità possibile.

«Oh, mi fai arrossire, grazie! Sei gentile! Non ci sono mica tanto abituata, sai?» Poi strinse gli occhi e rise mostrando i bellissimi denti bianchi e grandi.

Spezzai il suo imbarazzo ridendo anche io. Estella era davvero bella! Ammirai, nel mio segreto, quell'equestre unione di due eleganze in un'unica sola forza di attraente fusione tra creatura umana e creatura animale. Ancora una volta la fanciulla mi parve in stretta sintonia con la selvaggia vigoria della cavalla — mi disse che era una femmina — e quel tipo nuovo di bellezza prese ad agire sui miei sensi. Poi la voce della ragazzina mi strappò da quel torpore estatico, sensuale, riconducendomi alla realtà. Disse di essere di Lugo e che faceva la scuola di ragioneria. Disse di avere diciassette anni e mezzo. Pochi istanti dopo ci salutammo, la cavalla doveva fare un giro di maneggio, mi spiegò, perché era sudata e doveva asciugarsi prima di rientrare alle stalle. Mi avviai alla casa, deciso a prendermi una birra fresca al bar, come aperitivo per il pranzo. Avevo molta sete.

All'una ci venne servito il pranzo. Avevano apparecchiato sui lunghi tavoli di legno, sotto la pensilina fatta di sottili canne; alle spalle avevamo gli alti abeti, e da lì si vedeva il retro della Mandragora, si aveva l'ampia vista dei monti e del maneggio dall'alto. Diverse persone stavano arrivando, mentre altre, appartenenti a gruppi di famiglie, erano già seduti nelle panche coi propri figli di diversa età. Le pietanze ci vennero servite sopra una tovaglia di carta cerata, su vassoi di alluminio. Pietanze davvero gustose, tutta cucina casereccia, che ci venivano portate da una ragazza sui venticinque anni, morettina, piuttosto sbuffante per il caldo e per l'andirivieni dalle cucine al piano rialzato ove eravamo, che la costringeva a condurre i vassoi in salita e passando dalla scalinata. Saremmo stati circa una dozzina di persone. Vidi Estella arrivare, appena le tagliatelle fumanti entrarono sui piatti di ciascuno, mettendosi a sedere tra due signore, e quando mi vide, sorrise salutandomi gaiamente. Riflettei sul fatto che la fanciulla doveva essere in villeggiatura non accompagnata dai genitori, non avendo visto nessuno che appartenesse alla sua famiglia, nessun babbo, nessuna mamma! Valutai l'ipotesi che fosse stata affidata a Maria, essendo già da diversi anni che frequentava quel posto. La cosa non mi dispiacque affatto. Ora i suoi capelli, liberi dal cap, le scendevano vaporosi e lucenti in riccioli compatti e sinuosi. Indossava ancora gli aderenti pantaloni beige da equitazione, e gli stivali di cuoio neri, ancora impolverati. Maria di tanto in tanto perlustrava i tavoli, un po' per assicurarsi che tutto andasse bene, un po' per raccogliere plausi per l'ottimo cibo. Quell'aria mi aveva messo un grandioso appetito, e mentre scambiavo qualche circostanziale parola con un signore e una anziana signora che mi stavano ai lati, mi buttai avidamente sulle squisite tagliatelle al ragù di cinghiale. Mi deliziai – oltre che della visione della bella amazzone – di altre portate, come del tenerissimo vitello, del pollo, patatine fritte, insalata di pomodori, lattuga e cetrioli, frutta di stagione, e ovviamente... un portentoso e vellutato Sangiovese. Terminai con un caffè che andai a prendere di sotto al bar.

Persi di vista la fanciulla, ma siccome un certo torpore mi colse, vuoi anche perché fuori il caldo era diventato opprimente, salii in camera per la pennichella. Mi stesi sul materasso del mio letto a castello. Il letto superiore sarebbe rimasto vuoto, d'altronde avevo deciso di farmi questa vacanza da solo, non accompagnato da nessun amico. Ah... se avessi avuto una fanciulla! Ma non sarebbe stato certo l'ideale... quel letto a due piani. Sorrisi a me stesso, fantasticando su ciò, finché non mi addormentai per una buona mezzora.

Alle quattro e mezza ebbi la prima lezione di equitazione da Maria. Ero piuttosto eccitato ed emozionato. Con la mia bandana rossa al collo, la T-shirt e il giubbotto di jeans, jeans e stivali neri da cavallerizzo ai piedi, mi avviai alle stalle dove Maria mi stava aspettando. Mi vennero spiegate, alle stalle, alcune rudimentali nozioni sul tipo di cavalcatura, quella all'inglese – dalla postura più eretta ed elegante – e quella americana, assai più libera, ove le redini si impugnano, nella monta western, con una sola mano, detta a mazzetta. Aiutato dalla mia istruttrice, infilato il piede sulla staffa, mi issai in groppa ad un cavallo piuttosto mansueto — così mi assicurò — dal manto bianco, chiazzato di marrone lucido, ed anche tutto il muso era marrone. Il nome del mio cavallo era Aramis. Avevo optato, a beneficio di una maggiore basilare impostazione in sella e sulle staffe, per la cavalcatura all'inglese. Sulla destra stringevo il mio frustino in dotazione e non avevo cap, non obbligatorio per i maggiorenni, avendo da poco compiuto i diciannove anni. Fui mandato al centro del maneggio, all'interno di un recinto circolare, chiamato tondino, ove imparai a stare in sella e a mandare il cavallo al trotto. Ricordo che il problema principale era quello di riuscire a tenere bassi i talloni sulle staffe. Di sovente la bestia si innervosiva percependo su di sé un fantino piuttosto inesperto, menando la testa per aria all'indietro, cosa che mi procurò non poco disagio. Occorreva tirare bene le redini e stare ben ritti sulla piccola sella inglese, onde evitare una testata del cavallo sul naso. I tafani si accanivano petulanti ed insistenti e spesso il mio cavallo scuoteva la testa per allontanarli. Il sudore dell'animale e il caldo li attirava.

Più tardi mi fu concesso di uscire dal tondino e mandare al trotto, per tutto il perimetro del recinto dell'ampio maneggio, il mio bravo cavallino.

Dopo due ore di lezione fui stanco, mi dolevano i muscoli delle gambe per la continua stretta necessaria ai fianchi del destriero, ma ero assai felice di avere preso la mia prima lezione di equitazione dalla brava insegnante Maria. Il cavallo era piuttosto sudato e, prima di raggiungere le stalle, Maria mi disse di farlo asciugare un poco con un paio di giri al passo, in andatura di riposo. Come prima lezione non era andata affatto male: Maria si era raccomandata più volte sulla faccenda dei talloni, che di sovente non tenevo abbassati, e di stare più dritto con la schiena. Per il resto anche lei si ritenne soddisfatta. La sensazione di libertà e ampiezza che mi diede cavalcare, fu unica ed inaspettata. Mi attorniava la vastità del verde brillante dei monti accesi dal sole, l'immensità delle montagne che incutevano un suggestivo rispetto, le azzurre lontananze e l'estensione dei prati oltre il recinto prima dei boschi; l'aria salubre, tutto mi sopraffece nel respirare quella natura incontaminata, fatta di enormità che stordivano i sensi e li affinavano al contempo, coi mille toni di verde, e l'azzurro del cielo sopra di me, con qualche nuvoletta spumosa, esitante e passeggera. Levati il sudore e la polvere con una corroborante doccia, mi vestii con abiti puliti e più adatti alla sera; e fu fantastico, dopo aver bevuto birra fresca alla spina, rilassato davanti all'entrata della Mandragora, immergersi nella dorata e magica luce del tramonto, che modificava la tavolozza dei monti come in un acquerello impressionista sino, a poco a poco, tingersi dei riflessi profondi e morbidi delle ombre della sera. Quello era davvero un luogo incantato, ove tutto profumava di natura e di... una "nuova esistenza"!

Scorsi, nell'aria vespertina, Estella aggirarsi per lo spiazzo erboso e per metà sassoso, che si estendeva antistante alla pensione di pietra. Era elegantemente ben vestita di una camicetta bianca con maniche a palloncino e pizzo, e aderenti pantaloni celesti. Io la osservavo seduto sotto la pensilina, estatico. Attorno a lei si fecero un bambino riottoso e due bimbette incuranti ai richiami dei genitori che spuntarono alle mie spalle, davanti l'entrata, dalla tendina in striscioline di plastica colorata. Si rincorsero a cerchio attorno a lei che sorrideva dolcemente, e di tanto in tanto mi guardava. La salutai e mi ricambiò il saluto col suo splendente sorriso.

«Ciao Estella, sembra che tu sia circondata!» dissi ridendo.

«Ciao Lorenzo. Mi hanno scambiata per un totem?!» rispose guardando con finta preoccupazione quei monelli, che presto si dileguarono, recuperati finalmente dai genitori: «Tra poco si cena, avanti, muovetevi!» li richiamò una signora in tono severo.

«Oggi mi sono divertito a cavallo, è stato bellissimo.»

Estella mi si avvicinò sorridente con andatura sinuosa, ed era stupenda.

«Ti ho visto sai?»

«Dici sul serio?» le domandai raggiante.

«Oh, sì, sul serio. Ti ho visto da quaggiù, sei stato bravo, te la sei cavata molto bene.» La sua voce mi giunse carezzevole e incantevole.

«Ti ringrazio, detto da te...! devo fare tanta strada ancora, in sella.» Ridemmo entrambi.

«Dimmi un po' Estella: ma qui sei da sola? Dove sono i tuoi genitori?»

«Arrivano dopodomani, che è domenica. Per tutta la settimana resto qui per mio conto, e ci sto benissimo...» disse con un leggero scatto del viso che le mosse i bei riccioli vaporosi. Poi, dopo una breve pausa, mi domandò:

«E i tuoi?»

«Sono più che maggiorenne, per cui mi hanno lasciato con fiducia a sperimentare la mia prima vacanza da solo! E non hai amiche qui?» chiesi poi con accento risoluto.

«Oggi è arrivata una delle mie amiche, Margie... e domani arriva anche Greta, le conoscerai. Anzi, tra non molto scende Margie e così la vedi. Finalmente! sono quattro giorni che mi rompevo a starmene da sola. Anche loro vengono qui alla Mandragora da diversi anni e ogni estate facciamo gruppetto.» Sorrise nuovamente con una dolcezza incomparabile.

«Oh bene, farò la loro conoscenza con molto piacere.»

Tra me e me pensai che altre due fanciulle avrebbero deliziato la mia permanenza. Ma prima che dicessi altro, Margie apparve sull'entrata e si precipitò ad abbracciare Estella. Era una ragazzina di sedici anni, castana con capelli sulle spalle ed una corta frangetta sbarazzina. Aveva viso ovale e occhi vispi color castano, un sorriso simpatico, di quelli che la dicono tutta sul temperamento di una ragazza, sulla sua solarità e sul suo carattere aperto e gioviale. Portava una maglietta blu con la scritta Champions e un paio di shorts bianchi a righe blu, che mostravano due gambe snelle e armoniose, di acerba femminilità. Pensai che le fanciulle, inserite in una particolare dimensione non ordinaria, a differenza dei luoghi in cui le si osservano abitualmente, svelano altresì un ineffabile fascino trasversale – ad esse stesse sconosciuto – che si va mirabilmente ad uniformare con l'incanto di posti e di circostanze inconsuete. Ne deriva un accrescimento di mistero e fascino, quanto maggiore è la nostra ammirazione per quei luoghi. Resta estraneo allora alle fanciulle il senso di questa mutazione percettiva, ma non a chi ne vive l'incanto, osservandole e amandole.

«Piacere, Lorenzo!» Mi presentai il più affabilmente che mi riuscì.

Estella disse che ero un ragazzo simpatico, che facevo il pittore — glielo dissi detto in una precedente occasione — e che avevo preso oggi la mia prima lezione di cavallo.

«Bene, così si può cavalcare assieme...» aggiunse Margie con fervore.

«Faremo bel gruppo anche con Greta, che arriverà domani.» continuò Estella sgranando i begli occhi azzurri.

«Oh, perfetto, Greta arriva domani, è fantastico!» Margie si entusiasmò vivacemente soffiando sulla corta frangetta.

«E dopodomani arrivano anche i miei genitori..., uff, spero che non *rompino*!» aggiunse Estella con caricato disappunto.

«Massì, dai, tanto ci saranno anche i genitori di Greta, i miei vanno via stasera invece. E poi... libertà, andremo a fare anche il bagno al fiume... tutti assieme!» disse Margie scrollando la testa e ridendo.

Estella indicò alla sua sinistra, in direzione del sentiero che porta al fiume:

«Sì, laggiù, al fiume c'è un laghetto con la cascata... ed è divertentissimo.» In quel mentre arrivò una signora che richiamò Margie, era sua madre. Disse, dando un'occhiata a me e accennando un saluto:

«È pronta la cena tesoro, dai forza!!!» Proprio in quell'istante giunse anche Gino di gran carriera, con un cocomero sulla spalla.

«Ohilà, Gino!» lo salutai allegramente.

«Ohilà, Lorenzo... è pronta la cena, e stasera c'è cocomero per tutti!» rispose a me e al gruppo.

Ci muovemmo rapidamente, salimmo gli scalini e giungemmo sotto la pensilina coi tavoli già apparecchiati. La ragazza inserviente, che seppi era albanese, si aggirava assieme a Maria tra i tavoli, e poco dopo un via vai di persone si apprestava a sedersi sulle panche. Tutti con un gran appetito... ed io pure! Il cielo si era fatto di un blu profondo e intenso, si vedeva la luna e qualche stella. Ero tra i monti, a La Mandragora, in una vastità di bellezza mirabile, e con essa includo anche Estella e le sue amiche... dico le sue amiche, in quanto — ancor oggi non me lo so spiegare — già mi figuravo Greta come a una delle più belle e soavi fanciulle che abbia potuto conoscere in gioventù. E non mi sbagliavo.

Capitolo II

TRE ANGELI

II

Tre angeli

Anche Gino qualche volta ci seguiva durante le lezioni di equitazione. Capitava che Maria, per l'arrivo di qualche cliente del fine settimana, doveva assentarsi per una mezzoretta, come accadde quel sabato mattina, per l'arrivo di diversi centauri – motociclisti rumorosi e tatuati con giubbotti in pelle – che avevano una gran sete e davano un gran da fare. Maria se ne volle occupare personalmente. A me infastidirono, pensando che oltraggiassero la quiete di quel luogo. Alle dieci del mattino, quindi, Gino si stava occupando di noi, mentre assistevamo ad un via vai di persone che giungevano. Mi sentii lievemente più sicuro in sella e Gino perfezionò la mia cavalcatura al trotto dandomi preziosi consigli. Di tanto in tanto urlava: «Giù i talloni per la miseria, e stringi bene le ginocchia! muovi il bacino e non stringere le redini, fa sentire al cavallo una presa sciolta e naturale...» Ce la mettevo tutta. Più tardi scoprii che la gente che andava a cavallo era di più di quanto potessi immaginare. Finita la mia lezione con Gino, altri cavalieri, più o meno esperti occuparono il maneggio; fu anche il turno di Estella che fece sfoggio della sua abilità, raccogliendo l'ammirazione di molti. Fu bello accostare il mio cavallo al suo, e per un tratto affiancarla al trotto, come in un quadro ottocentesco, fino a che non fu il momento di ricondurre il mio cavallo alle stalle, lasciando Estella alle sue galoppate. Molti salirono a cavallo in sella western, cavalcando a mazzetta, perché era più facile e divertente, della rigorosa cavalcatura all'inglese, che io prediligevo; ma avrei presto provato entrambe. Certuni si lanciarono in galoppate di gruppo, Gino allora li redarguì inflessibile:

«Non così, pianooo, o finirete per farvi male! Ehi... non in gruppooo!» Poi guardò me e disse:

«Quelli si credono già dei *cowboys*, ma che stiano attenti... è pericoloso così in gruppo, mai credersi dei *cowboys*! Mai!» Intervenne anche Maria, più tardi, a riportare un certo contenimento su tipi più esibizionisti che lanciavano urlacci da rodeo.

Fu prima di pranzo che arrivò Greta, e come mi ero immaginato, stupenda! dai lunghi capelli biondi come l'oro e squisitamente sensuale. Stessa età di Estella. I suoi genitori erano tipi simpatici, molto alla mano, ed ebbi modo di conoscerli nella stanza rivestita in legno, ove stava il bar, dissetandoci con CocaCola e birra alla spina. Sedevano nelle panche conversando allegramente con noi, vale a dire con la figlia, con Estella, con Margie e con me.

Il padre di Greta era un tipo molto simpatico, grandi baffi e capelli lunghi di un biondo prossimo al brizzolato, la madre una signora espansiva ed estroversa, cordiale e con gran spirito giovanile. Feci amicizia con loro ed anche con Greta, naturalmente, ben disposta a considerarmi parte del gruppo, notando certamente il confidenziale e gaio rapporto che oramai correva tra me e l'amica Estella.

Riuscii anche a conoscere, nell'arco della giornata successiva, i genitori di Estella, due persone di bell'aspetto, giovanili ma assai più riservati di quelli di Greta. Dai modi raffinati e borghesi, mi apparvero di ceto superiore, ma non instaurai con loro il feeling che nacque con gli altri due. Greta aveva modi spontanei e naturali, schietti, ma possedeva un certo carattere indomito, cocciuto e risoluto. Sul suo bel viso ovale, sul naso regolare e sugli zigomi, affioravano seducenti lentiggini, che le conferivano un'aria alquanto sbarazzina e frizzante. Le labbra erano carnose e ben disegnate – a differenza di Estella che le aveva più sottili – occhi grandi e celesti, altamente espressivi e folte sopracciglia bionde; ma ciò che più mi colpì di lei furono i suoi splendidi e lunghi capelli dorati, lisci, sino in fondo alla schiena, una cascata d'oro fluente! Estella mi disse che anche Greta era una brava cavallerizza, ma che preferiva la cavalcatura a mazzetta. Non mi sfuggì certamente il bel fisico della fanciulla bionda, che aveva jeans aderenti e portava una T-shirt color arancio. Ogni avvenenza di armonia femminile stava in quei lineamenti da teenager: sinuose forme, aggraziate curve di precoce sensualità. Greta era un po' più bassa di Estella e un filo più alta di Margie. Pur avendo gambe lunghe e proporzionate alla sua statura, le sue erano lievemente più corte e robuste di quelle di Estella, meno longilinee, ma la morbidezza di quelle linee e la perfetta rotondità dei glutei, rendevano anche questa giovane fanciulla estremamente attraente e incantevole!

Le vedevo tutte e tre in piedi, gesticolare e muoversi nella giovane esuberanza, con scatti di sensuale vitalità, mentre parlavano di questo e quello, articolando parole l'una sull'altra, euforiche e visibilmente eccitate di essersi ora ritrovate tutte assieme... per fare gruppetto. Tra loro e me corse nuovamente una corrente di intesa e simpatia che mi rese piuttosto orgoglioso.

Nel pomeriggio, nella solita lezione con Maria, vidi Greta cavalcare un bellissimo cavallo marrone, con monta western: la fanciulla era assai abile e tra lei ed Estella, ne venne una performance equestre a dir poco entusiasmante. Margie era più contenuta, sebbene non se la cavasse male, ma non saltava ostacoli e andava al galoppo moderatamente. Io provai quel pomeriggio, sotto la direzione di Maria, a galoppare. Con timore non riuscivo a far partire il mio cavallo pezzato Aramis, ma poi assestai i giusti colpi di tallone e riuscii a spronarlo: per brevi tratti la spuntai senza eccellere affatto.

«Muovi il bacino, proprio come quando si fa all'amore...» urlava Maria, «Giù i talloni, Lorenzo, stringi bene le ginocchia, daiii, così, accompagna con le redini il movimento del cavallo...» Partì, come un lampo, ed avvertii lo strappo sulle redini, il cavallo protese la testa in avanti ubbidendo al comando, i muscoli tesi e finalmente... al galoppo! Era spettacolare, esaltante, abbandonarsi alla forza dell'animale che – non era una macchina, per la miseria!!! –, correva veloce ed io percepivo la potenza di quell'energia motrice, il prestigio naturale di quella vitalità e robustezza mirabili che mai prima avevo potuto provare! Ero felice, con le mie amazzoni che giostravano attorno a me come in un sogno, mentre finalmente anche io galoppavo! Ah bellezza, libertà, grandezza della natura!

Nella stanza dell'atrio della Mandragora, con tavoli e panche, Maria e Gino si affaccendavano dietro il solito banco; la sera dopo cena formammo ancora gruppo. I genitori di Greta sarebbero ripartiti di lì a poco. Ci trovammo sulla staccionata del recinto, poco distanti dalla pensione, a conversare allegramente. I monti perdevano lucentezza e si tingevano di violetto e di verde cupo, mentre il cielo divenne cobalto, poi blu di Prussia e poi si spense nel buio della notte. Vi erano stati da poco i saluti coi genitori di Greta, le solite raccomandazioni, le strette di mano tra me e loro e le rassicuranti parole di Maria la quale garantiva l'assoluto controllo sulle "bambine". Attorno a noi il maneggio era buio e pareva celasse misteri ed insidie, per non parlare del lungo percorso che conduceva alle scuderie, oltre il bungalow. L'ombra totale laggiù era *terrificante* – così le fanciulle la giudicarono – ed io fantasticai di avventurarmi con loro in quella oscurità profonda e tenebrosa. Restammo a conversare appoggiati sulla staccionata, Greta vi si era seduta sopra. Portava una gonnellina plissettata di tessuto fine, e le vedevo le cosce seriche e tornite, che la luce del tramonto aveva indorato la lieve bionda peluria, e ne fui stordito. Soave levigatezza delle cosce femminili! Estella pure aveva le gambe snelle scoperte, indossando cortissimi shorts, e Margie in jeans lunghi. Mi deliziai di quelle grazie ancora una volta, saggiandone con lo sguardo la consistenza e la morbidezza, gratificandomi delle pose che assumevano, nei loro sensuali atteggiamenti. La lanterna appesa fuori dalla porta della Mandragora, mandava un effuso chiarore appena sufficiente a rischiarare il terreno antistante. Quei tre angeli mi parvero figure eteree, irreali, come fatate apparizioni. Greta disse che aveva in qualche modo fatto pressione sulla madre, perché convincesse Maria a trasferirle tutte e tre nel bungalow, per stare tutte assieme, come era accaduto in uno degli anni scorsi. Ora attendevano solo che Maria glielo accordasse.

«Tua madre cosa ha detto?» chiese Estella con voce bassa.

«Ha detto che Maria doveva fare i suoi conti con altri clienti e valutare, che se era possibile ci avrebbe senz'altro trasferite.» le rispose Greta che usò lo stesso tono di voce, come se fosse stato molto importante non farsi sentire.

«Ma chiedo: il bungalow ragazze, è già occupato?»

«Boh! non sappiamo.» aggiunse Estella sgranando gli occhi sopra l'amica bionda.

«Non credo, solo che probabilmente Maria aspetta qualche persona, e dovrà valutare se servono dei posti.» ipotizzò con fermezza Greta.

«Io non ho visto gente nel bungalow, in 'sti giorni...» asserì Margie scuotendo il capo.

«Appunto!» intervenni io. «Maria deve valutare se metterci qualche cliente che ne faccia espressamente richiesta.»

«Ah, sì, forse è così!» disse Estella.

«Daiii, voglio andare nel bungalow tutti assieme, pensa che figata!» continuò con vocina lagnosa Estella, che per calcare di più sulle parole, scosse le gambe come colta da un improvviso tremore. E vidi sobbalzare tutti i vaporosi splendidi ricci.

«Magari!» esclamò Margie.

«Per i cavoli nostri, come quell'anno, ricordate?» aggiunse Greta piena di euforico entusiasmo.

Sperai tanto che ottenessero l'agognato permesso, perché era per me un quadro molto bello e poetico – oltre che per vederle felici – sapere tutte e tre le bellissime fanciulle dentro al bungalow, e nella notte immaginarle *reiette* in quel luogo d'ombra, come fate intrappolate. Questa mia divagazione fu accompagnata dal suono incessante e incantatore di grilli e cicale. Le sentivo bisbigliare, come se l'oscurità profonda facesse paventare loro di essere costantemente spiate da qualcuno, anche se, a quell'ora, non vi era nessuno all'esterno della pensione, soprattutto Maria che si affaccendava dietro il bancone del bar o chissà dove. Erano le undici e mezza. Le stelle sopra di noi come diamanti; le fanciulle, ormai sagome appena visibili al lattiginoso chiarore lunare, – se non fosse stato per il lieve bagliore della fioca lanterna, avrei stentato veder loro i connotati –, mi sospesero in una dimensione quasi onirica. Si muovevano lente e misurate, con voce un tantino roca ma morbida e sensuale, divennero circospette. Dopo poco ci spostammo nel livello più alto del terreno, e a mezzanotte si spense anche la luce della lanterna. Il buio avvolse tutto come in un abbraccio sinistro.

Apparve Gino che disse agitando una mano:

«Greta, Estella, Lorenzo, Margie, non è ora di dormire?»

«Sì. Gino, ti prego, un'altra mezz'oretta, poi promesso, a letto!» disse lamentevole Greta.

«Se non vi vedo tra mezz'ora rientrare, vi caccio dentro a forza!» rispose Gino, e sparì dentro l'ombra di quella porta.

«Va bene!» echeggiò Estella ad alta voce. Seppi che le ragazze dormivano in stanze separate.

Ci spostammo questa volta al livello ancora più basso del terreno sino a raggiungere metà del percorso della strada sterrata. Percorremmo quel leggero declivio a piccoli passi, assai circospetti. Mi parve di intravvedere, poco distante, la sagoma lunga e rettangolare del bungalow. Greta si rimise a sedere sulla staccionata, a gambe quasi divaricate, poggiando i piedi sulla traversa di legno sottostante. Mamma mia...! il buio non mi fece vedere ulteriori dettagli, sfortunatamente! Le altre due la imitarono. Io preferii restare in piedi di fronte a loro, per godermele meglio, seppure non vedessi altro di più.

«Che buio qua attorno, e che silenzio!» esclamò Margie estatica, alzando lo sguardo alla volta del cielo stellato.

«Io dormirei qua fuori e domattina mi farei svegliare da Nebbia!» sussurrò Greta.

«Nebbia?» domandai.

«Sì, è il cavallo che monto di solito.» disse lei con una punta di orgoglio.

«E non avresti paura?» chiese ridendo Margie.

«Paura...? e di cosa?»

«Delle bestie, ragni, serpenti, bisce...» suggerì Estella con una smorfietta schifata che la rese adorabile ai miei occhi.

«Fifona, i veri *cowboys* dormivano all'aperto!» rispose seria Greta.

«E tu Lorenzo? Ci staresti a dormire fuori di notte con un sacco a pelo?» mi chiese Estella pizzicandomi il braccio per richiamare la mia attenzione. Rimasi un tantino impedito, forse anche ottenebrato di piacere dal tocco delle dita della ragazza, poi risposi:

«E beh! a dire il vero, non è il mio stile di vita ordinario, ma magari con una bella fanciulla affianco, perché no!»

«Sentilo questo!» esclamò Greta mimando un calcio e vidi la bella gamba tendersi. Ridemmo tutti ed io finsi imbarazzo. Le chiacchiere si protrassero sino a che una voce forte e autoritaria, proveniente dalla casa, ci fece sobbalzare:

«E allora!!! Forza, a dormire, e in fretta!» Era Maria che veniva verso di noi a passo spedito.

«Ok, ok, arriviamo!» disse di rimando Estella alzando gli occhi al cielo, e tutte scesero in un balzo dalla staccionata.

Un lembo della gonna di Greta rimase per un istante sospeso su una delle traverse scoprendole le cosce sino ai glutei, e fu per me una visione travolgente di ineffabile erotismo, che mi rimase impressa a lungo quando raggiunsi il mio giaciglio, assieme a tutte quelle altre immagini e sensazioni provate nell'oscurità di quella notte, in compagnia delle angeliche creature.

Passarono altri giorni in cui mi trovavo in perfetta sintonia sia con l'ambiente circostante, sia con il gruppo delle tre amiche. Mangiavo pietanze genuine, respiravo aria salubre e cavalcavo sempre più spedito facendo progressi. Provai persino a mazzetta, divertendomi come un vero *cowboy*, ma preferii tornare alla monta inglese. Maria mi costrinse più volte al trotto, notando ancora delle imperfezioni, rimandando il galoppo a non prima dei tre giorni successivi. Poi potei riprendere a galoppare, non senza continui richiami e ulteriori correzioni.

Frequentavo le fanciulle a tutte le ore del giorno, quanto più mi era possibile. Feci anche uno schizzo di loro tre sedute sulla staccionata, che piacque molto. Feci altri disegni ai cavalli e un paio di acquerelli della Mandragora, uno dei quali regalai a Maria e Gino, e ci mancò poco che si commossero.

Una mattina di sole splendente decidemmo di andare al fiume a fare il bagno. Avevo il mio telo da bagno ed il costume, ed anche le ragazze; Greta in un costume intero blu scuro ed Estella e Margie in due pezzi. Fu esaltante scendere l'impervio sentiero che portava al fiume, tra il fitto bosco di ogni tipo di vegetazione, con lo strapiombo alla nostra sinistra, in un percorso dissestato e pietroso, arduo da discendere e scosceso, a tratti ripido che quasi faceva impressione. Le ragazze si muovevano più agevolmente di me che sovente rimanevo un po' indietro. Si sentiva il fragoroso rumore della cascata sul laghetto, circondato di massi e dirupi, che vedevo dall'alto con ragazzi e ragazze che vi si tuffavano. Attorno a me rocce e alberi; sin dove l'occhio poteva giungere vi era vegetazione selvaggia ed esuberante. Arrivammo alla fine al fiume, ove il letto era a diversi livelli, l'acqua cristallina roboante verde-azzurro scorreva in rapide tra le pietre, ciottoli e macigni, diventando spumosa in piccole cascatelle, su e giù, per i vari dislivelli. I giganteschi massi, come monoliti rettangolari, sovrastavano discese rocciose in anfratti di vegetazione a cespuglio, su sedimentazioni stratificate. Era uno spettacolo di natura incomparabile! In alcuni punti l'acqua era bassa e trasparentissima da far vedere l'infinità di ciottoli bianchi. Davanti a me, al centro di due costoni enormi come piattaforme levigate, l'ammasso di rocce nerastre da dove, impetuosa, si gettava la cascata, in spume bianchissime, in un ribollire di acqua giù in basso a livello del fiume, che si apriva in uno slargo a laghetto verde smeraldo, scintillante di mille riflessi. Alle mie spalle il fiume si perdeva chissà dove, tra la più selvaggia delle vegetazioni. Su quelle piattaforme naturali di roccia grigia e marrone, la gente prendeva il sole o si tuffava nella grande pozza verde-azzurro, con un espandersi di voci esaltate. I corpi delle mie fanciulle, avvolte dalla luce intensa, si fondevano tra quei colori come in un quadro di Renoir, e la loro bellezza su di me non cessava di esercitare una folle attrattiva: angeli, ninfette ora divenute sirene, nelle sinuose movenze, nei loro urletti concitati, le seguivo tuffandomi in acqua mentre gioivano e sguazzavano sovrapponendo le loro squillanti voci di teenager al fragore circostante. Arrivammo a nuoto sin sotto la cascata, il rumore divenne assordante, e ci facemmo immergere dall'acqua spumeggiante che donava un brivido e un benessere incalcolabili. Poi prendemmo il sole sino a tarda mattina, stesi sui teli da bagno e le osservavo estasiato, nella loro avvenente semi nudità, in quel deliquio causato dal sole e da recessi di fantasie erotiche. Credetti di essere prossimo allo stordimento, quando Greta ed Estella — in un eccesso di disinibita nudità — scherzando presero a lottare con me montandomi a cavalcioni a turno per immobilizzarmi. Fui in estasi e mi lasciai strapazzare totalmente istupidito, sino a che un'erezione mi costrinse – imbarazzato più che mai – a restarmene a pancia in giù per un bel po' di tempo. Smisero di stuzzicarmi dopo che Margie, che si era unita anch'ella all'assalto, vide l'orologio segnare la mezza.

Il pranzo fu un festoso momento per il palato e per gli occhi, nelle portate succulente e squisite. Mangiai di un appetito colossale e pensavo alle tre amiche costantemente, e mentre assaporavo ad ogni boccone il buon cibo, con lo sguardo, godevo i loro splendidi visi arrossati dal sole preso al fiume. Nella mia stanza mi assopii, dopo il pranzo, sopraffatto dalla stanchezza in un turbine d'immagini dei corpi delle ragazze e dei contatti con la loro pelle beatamente gustati al fiume. Il pomeriggio stetti con loro a cavalcare in groppa di nuovo al mio cavallo. Galoppo e trotto, trotto e galoppo, poi la sera spense le tonalità del verde delle montagne e dei boschi lasciando il posto ad un'oscurità sempre più morbidamente intima.

Ci fu una inaspettata novità. Maria annunciò alle ragazze che da quella sera avrebbero potuto trasferire la loro roba nel bungalow, e vi fu un'esplosione di gioia grandiosa. Le fanciulle, una volta scese da cavallo, si abbracciarono saltando impazzite di gioia. Sul viso magro di Maria si lesse il suo compiacimento per averle accontentate. Ma non era tutto: mi venne detto, dalla mia insegnante, che anche io dovevo trasferirmi! Mi chiese scusa di questo cambiamento, ma dei clienti avevano necessità del letto a castello, essendoci anche due bambini, e che se non mi fosse troppo dispiaciuto, mi pregava di trasferirmi nella stanza che mi avrebbe indicato.

«Figurati Maria» dissi io per nulla infastidito, «a me va benissimo.»

Prima di cena venni a sapere che si trattava della stanza appartenente alla bassa muratura con la tettoia discendente; la finestra era nel lato più basso. Come già scrissi, inizialmente credetti che lì ci fosse una cambusa. Fui dunque felicissimo del mio spostamento, ovviamente senza ostentare nulla di che, ma era per me motivo di gioia assoluta, in quanto da quella finestrina quadrata, potevo avere la vista del bungalow dove alloggiavano le mie fanciulle! Cosa potevo chiedere di più? Dopo cena, in braccio al crepuscolo che avanzava punteggiato sempre più di stelle, ci dirigemmo tutti e quattro alle stalle, non prima di aver traslocato in quella stanzetta graziosissima munita di un vero letto, un comodino ed un armadio robusto e grande, oltre al solito lavandino. Avevo accesso alla mia nuova stanza passando dall'atrio, per poi prendere uno stretto corridoio a destra.

Greta e Margie mi presero sotto braccio. Estella di seguito lanciava sassolini per aria. Sapevamo che era proibito andare alle stalle col buio. Ma in una corsetta, che Estella iniziò per prima e noi dappresso, le raggiungemmo. Accarezzammo i cavalli sul muso, con mille moine e paroline dolci dirette a loro, come si fa con un cane o con un gatto. Alzavano l'enorme e lunga testa, nitrivano e con i labbroni molli e spessi che sollevavano a tratti, mostravano una dentatura considerevole. La dolcezza degli occhi di un cavallo è difficilmente comparabile ad un altro animale. Greta si soffermò molto sulla sua preferita, Nebbia, e parve sussurrarle parole intime all'orecchio. Affianco alle stalle stavano balle di fieno dove ci sedemmo a discorrere; mi avvidi come loro fossero così dolci e serene coi quei deliziosi sorrisi, abbracciate l'una all'altra. Il mantello del cielo s'era fatto nero e le stelle vivide e pulsanti. La falce della luna sopra i monti, oltre il maneggio, non riusciva a rischiarare un gran che. L'ombra più totale ci avvolse in un abbraccio provvidenziale. Estella appoggiò la sua testa ricciuta sulle mie spalle e Greta fece lo stesso. Margie su quella dell'amica. Cinsi le spalle di entrambe e restai così, beato e appagato delle loro affettuosità, sospeso in quell'abbandono, tra cielo e terra, più in alto dei monti, più in alto delle stelle. Avvertivo il loro odore fresco ed inebriante, il profumo dei loro capelli, vagamente zuccherino. Ad un certo punto Greta sollevò la questione bungalow, guardando in quella direzione.

«Da stasera dormiremo lì ragazze, ci pensate?» disse con un sorriso che avrebbe meritato un bacio.

«Non vedo l'ora!» fece eco Margie.

«Proprio come gli anni scorsi! Che spasso!» incalzò Estella assorta, come se stesse rivivendo le immagini del passato.

Dappertutto c'era l'acre odore della biada, del fieno e dello sterco che pungeva le narici, ed una pace inviolata! Decidemmo di tornare indietro, anche perché Maria, se ci avesse sorpresi, ci avrebbe fatto di certo la ramanzina, ed inoltre le ragazze non volevano correre il rischio di contrariarla, proprio la prima sera che avrebbero dormito nel bungalow. Io stesso trovai sensata la decisione. Perciò risalimmo in fretta e restammo a parlare seduti nelle sedie, nel lato opposto della pensione che dava sulla strada, in uno spiazzo ghiaioso attorniato da gerani e rampicanti, laddove più avanti si scendeva verso il paese. Era un posto tranquillo, sottratto da sguardi indiscreti. Da una porticina del retro uscì Gino che ci chiese se volessimo bere qualcosa. Io presi una birra e le fanciulle gazzosa. Si fece mezzanotte. Poi ci demmo la buona notte e loro arzille e festose si diressero verso il guadagnato bungalow. Le vidi allontanarsi nella loro andatura leggiadra, ancheggiante, fino a che l'oscurità non se le inghiottì. In stanza guardai attraverso il vetro della piccola finestra, e vidi nell'oscurità, una lieve luce provenire dal bungalow. Probabilmente tenevano ancora la luce accesa disputando chissà su cosa! Era come una sorta di magia, quella lontana luce appena visibile, mentre il bungalow giaceva nell'oscurità più assoluta. Spensi le mie fantasie in un sonno ristoratore.

La mattina dopo, piuttosto soleggiata e con un gran caldo, fu una lezione di un certo impegno. La mia cavalla – ora ne montavo un altro di color marrone di nome Morgana – mi diede alcuni problemi. All'inizio era piuttosto nervosa alzando spesso la testa, tanto da mettermi una certa inquietudine. Poi, dopo alcune corse al galoppo, la gestii discretamente, ma Maria non faceva altro che riprendermi per la mia cattiva abitudine di tenere giù le punte dei piedi, sollevando i talloni, difetto in cui incappavo spesso. Non fu una gran cavalcata, faticai non poco a tener fermo l'animale che, a quanto pareva, era più riottoso del solito a farsi condurre e a seguire i miei comandi. La incitavo col frustino, le davo pacche rassicuranti sul garrese, ma feci fatica! Ero in preda io stesso di un certo nervosismo. Ci fu un brutto momento in cui la cavalla non ne voleva più sapere di starsene dentro al recinto, e all'improvviso prese un trotto strattonato che si tramutò in galoppo; alzava la testa se tiravo le redini portando le orecchie all'indietro: brutto segno, che mi indicava l'irritabilità del cavallo. Difatti opponeva una certa pericolosa resistenza; io imprecavo, Maria mi urlava di fermarlo, puntava ora diritto verso l'uscita del recinto, per riguadagnare le stalle. Non riuscii a tenerla, si impennò e quasi mi avrebbe disarcionato, se non fosse intervenuta Maria a prenderla per le redini ristabilendone il controllo. Io però mi incastrai con la gamba tra il fianco di Morgana e la traversa della staccionata, rimasta semi aperta, e mentre la cavalla spingeva nel tentativo di uscire dal recinto, la mia gamba subì una pressione tale da farmi urlare. Avrebbe potuto spezzarmela! Appena in tempo la brava Maria riuscì a farla indietreggiare liberandomi dalla stretta, aprì così il cancello del recinto come si deve, e la cavalla finalmente uscì, con me rimasto ancora miracolosamente in groppa. Controllandola sempre con le redini, Maria la condusse al passo sino alle stalle, ove potei smontare. Me l'ero vista brutta!

«Tutto bene la gamba?» mi chiese Maria un po' preoccupata.

«Tutto a posto... tranquilla, sono solo un po' ammaccato.» Mi massaggiai l'arto zoppicando lievemente, ma nulla di rotto. Per lo sforzo dei muscoli causa la stretta esercitata per restare in sella, le gambe mi sembravano di gomma con la sensazione che cedessero. Ero sudatissimo e avevo una gran sete. Con passo incerto raggiunsi comunque benissimo il bar, dove bevvi due immensi bicchieri d'acqua, lasciando la mia insegnante a ricoverare nella stalla la mia capricciosa cavalla.

Capitolo III

UNO FRANCIUZZO

III

Uno Franciuzzo

Le fanciulle non assistettero alla mia disavventura, perché quella mattina il caldo soffocante le aveva attratte al fiume. Se ne parlò a pranzo e disquisimmo con serietà su quello che mi era accaduto. Ottenni persino dolci parole di conforto e incoraggiamento da parte loro, il che non mi dispiacque affatto, anzi! Nel pomeriggio le giovani ragazze smaniavano di salire a cavallo. Io preferii guardarle, stanco della fatica e dell'incidente della mattina, appoggiato con gli avambracci al recinto.

«Siete pronte bambine? Su, andiamo alle stalle.» disse Maria risalendo la strada battuta e polverosa. Le fanciulle mi salutarono con un sorrisetto che faceva intendere che stavano pregustando il momento in cui avrebbero dato su di me spettacolo. Estella batteva il frustino sullo stivale, mentre si allontanava inseguendo Maria e le amiche. Greta conversava animatamente con Margie tenendo il cap sottobraccio. Alzai ancora la mano in segno di saluto alle tre che si voltarono all'unisono, forse per assicurarsi che io fossi ancora lì, oramai divenute delle figurine in miniatura, annebbiate un po' da una nuvola di polvere che una folata di vento aveva alzato dalla strada. Ben presto erano in sella tutte e tre. Fu ammirabile la loro esibizione, sebbene Maria cacciasse qualche urlaccio, e rimasi per l'ennesima volta incantato. Com'erano belle in groppa ai loro cavalli, eleganti e sensualmente armoniose, da divenire un tutt'uno coi destrieri! Bellezza equina e bellezza femminile si fondevano in un fascino selvaggio.

Ogni notte godevo di quello spettacolo naturale, che comprendeva un cielo stellato maestoso, le sagome arrotondate ed oscure dei monti, le punte aguzze degli abeti, svettanti come sentinelle minacciose. E poi il silenzio, col solo canto dei grilli che mi accompagnava sino all'abbraccio più profondo di Morfeo. Profondità illimitate, lontananze senza fine in un nero più assoluto, collegavano i miei pensieri a quell'inaccessibile bungalow – mi sarei sentito un oltraggiatore intruso bussare a quel nido *sacro* –, ove le mie dolci e fiabesche fanciulle riposavano, e chissà... iddio solo sapeva se riposassero, o quando cedessero il passo alla zattera ondeggiante del sonno, che le rapiva sino al mattino successivo, quando il bacio di un raggio di sole le avrebbe ridestate.

All'interno della pensione si chiacchierava e si beveva birra o vino; talvolta c'erano persone di varia età, strambi tipi che parevano usciti da un film western, o gentiluomini a modo e signore raffinate, fanciulli morti di sonno ma sordi ai genitori, nonostante glielo si ripetesse più volte..., di ubbidire e andare a dormire. C'era chi giocava a carte o a dama, chi fumava la pipa trasognato, biascicando qualche frase in dialetto. I barzellettari di turno facevano a gara chi ne sparasse una più esilarante, e giù risate chiassose! Si intonavano filastrocche o canzoni country e si applaudiva. Io, quando non stavo con le tre amazzoni, restavo in ascolto ed osservavo divertito, scambiando piacevoli conversazioni con qualcuno, che mai avevo visto e mai più avrei rincontrato. Una sera c'erano anche Margie ed Estella: talvolta allegre e talvolta pervase da uno strano languore, rimanevano taciturne, in attesa di un qualcosa di indefinibile. Le vedevo appannate dal fumo delle sigarette o di sigari toscani, sospese tra sogno e realtà. E mi pareva che quei gas recassero loro insulto. Io le sognavo, le mie fanciulle, le sognavo nelle loro forme provocanti, le sognavo nei riflessi dei loro capelli d'angelo, in quelli del corpo e della loro anima serafica. Tra me e loro vi era un'affinità elettiva, mentre la mediocrità del mondo, della consuetudine, era ciò che ne misurava la distanza incolmabile... quella specie di dirupo tra la bellezza e la volgarità, ove i poeti hanno orrore di precipitare. La mia memoria me le raffigurò stese al sole, come quella mattina, sfoggiare i loro giovani corpi nudi, in emblematica attesa dei miei sguardi, in netto contrasto con quell'opaco e fumoso scenario.

Nel tardo pomeriggio del giorno dopo, arrivò alla Mandragora un ragazzino di circa diciassette anni. Il nuovo arrivato mise un certo scompiglio tra le fanciulle, e un certo divertito stupore in me, in quanto mi trovai ad essere testimone di fatti che aggiunsero emozioni erotiche ai miei già reconditi turbamenti. Lo scompiglio che il nuovo arrivato suscitò su di loro, non fu perché egli fosse un fanciullo carino e sveglio, come sarebbe certamente piaciuto alle tre amazzoni, ma al contrario era un bambinone grasso e goffo, un tantino stupido e per nulla simpatico, giuggiolone, assai infantile, che ostentava una baldanza che non gli si confaceva affatto. A quanto capii era piuttosto detestato dalle ragazze.

«È arrivato Franciuzzo! Nooo, è arrivato quel deficiente?!» disse Greta sgranando gli occhi azzurri e digrignando i denti in una smorfia rabbiosa, raggiungendo di corsa me e le altre, che facevamo capannello affianco il maneggio.

«Non mi dire!!!» esclamò sbalordita Estella, che si coprì la bocca con il palmo di una mano, come per soffocare un urlo.

«Sì, te lo dico! Me l'ha confermato Maria. Mi ha chiamato in disparte e ha detto: "Greta, è arrivato Franco, ma quest'anno non voglio litigi, dillo anche a quelle altre, di stare quiete..."», e con la vocetta imitava quella di Maria.

«Ragazze, ma chi è questo Fran... che?!» domandai.

«Franciuzzo!» mi corresse Margie con eccessiva enfasi, come se fosse impensabile non conoscerne il nome.

«Ok, *Franciuzzo*, e chi sarebbe 'sto Franciuzzo?» chiesi io un tantino stupito, cercando di realizzare dovesse essere un diminutivo di Franco, spregevolmente affibbiatogli dalle tre ragazze.

«*Uno!*» sentenziò Estella con uno scatto della testa, al modo di intendere che non meritasse altro in aggiunta.

«Un ciccione inetto e rompi cazzo!» se ne intervenne Greta acidamente. Margie alzò gli occhi al cielo con espressione di assoluta noia, soffiò sulla frangina e sbuffò, gravata già dalla presenza di quel Franciuzzo per il solo fatto che era stato nominato, che si sapesse fosse alla Mandragora. Estella mostrava i denti bianchi in un sorriso beffardo, Greta pure e in coro dissero:

«Nooo! Cazzo, Franciuzzooo!!!» Insomma, era qualcosa di veramente terribile e tragico. Mi informai allora cosa mai avesse fatto loro, per odiarlo in quella maniera. E ne seppi delle belle! Mi spiegarono che da due anni correva tra loro e Franciuzzo un livore e un astio enormi! Sprezzanti mi dissero che era un disturbatore, un rompiscatole, un molesto senza eguali, che le aveva prese di mira senza ragione, facendo loro degli scherzi vili e malvagi, che era un ficcanaso importuno, un prepotente villano, maleducato e screanzato come non ce ne sono in giro nel raggio di miglia e miglia, un "tocco" sfigato e idiota, porco e libidinoso, in sostanza un essere inferiore... un troglodita – e con *troglodita* Greta batté le mani entusiasta del termine –, e chi più ne aveva più ne metteva! Fui sconcertato da tutto quell'elenco di epiteti, persuadendomi che Franciuzzo fosse davvero un mostro.

«Ma in definitiva, che vi ha fatto, si può sapere?» chiesi al limite dell'esasperazione.

«Uhm, vediamo...» ribatté Estella arricciando il naso, facendo una smorfietta con le belle labbra e sgranando gli occhi; quando pensò di avere trovato una spiegazione esauriente che mi convincesse, aggiunse:

«Di tutto ha fatto, quel *cretino*...» pronunciò "cretino" in un modo che da quel momento non seppi più non associare la parola "cretino" alla vocina deliziosa di Estella, dalla cadenza speciale in cui premette molto sulla "t" e allungando la "i". «... di tutto ha fatto! Ci ha tirato gavettoni quando eravamo ben vestite la sera, ci ha spiate nel bungalow quando ci spogliavamo, quel porco si nascondeva sotto al bungalow (dato che è rialzato da terra), poi dalla finestra semi aperta ficcava il naso, quel guardone ciccione! Tira anche calci e sputa come un lama... quel zozzo!»

«Digli di quella volta che Maria lo sgridò, (una delle poche volte, perché la colpa è sempre la nostra) ...» ci tenne a precisare ironicamente Margie; si era rivolta a Greta. Continuò: «...per avere sputato addosso a te, e cosa fece per vendicarsi!»

«Ah sì, mi tirò un sasso sul culo, ma così forte che mi dolse la chiappa sino al giorno dopo!» Greta riprese a massaggiarsi il gluteo.

«Che villano!» esclamai pieno di sdegno, e naturalmente calcai.

«Ma non è finita! La cosa peggiore...» continuò Greta, «... è stata la volta del gavettone... cazzo che maiale!»

Si coprì il volto come colta da incontenibile rabbia senza terminare la frase.

«Ah, quella fu grossa, ma grossa grossa!» disse Margie scuotendo il capo con un disgusto monumentale.

«Beh, un gavettone non è così atroce... voglio dire...» replicai un po' confuso.

«No! No! ascolta Lorenzo!» riprese Greta prendendomi per la maglia. «... Mica un gavettone normale! Nooo... un gavettone pieno di piscio!»

Le altre non riuscirono a trattenere il riso, ma Greta era colma di collera.

«Quel vigliacco, bastardo schifoso, me lo ha tirato giù al fiume, e scappò via tra il bosco come un assassino! Piansi e corsi a dirlo a Maria dopo che mi fui sciacquata con l'acqua del fiume alla meno peggio, ma mi feci duecento docce, poi!»

«Ma è un vero demente quello!» dissi con gran enfasi ai limiti dell'incredulità.

«Quando lo rividi ...» riprese Greta, «... gli diedi una sberla potente e ci menammo, dovettero accorrere Maria e Gino e fu un tafferuglio, un bel casino! Supplicai Maria di non dirlo ai miei, poi Franciuzzo fu punito da Maria con un ceffone e disse che se si azzardava un'altra volta, avrebbe chiamato suo nonno e l'avrebbe cacciato, ecco!»

Un singulto colse la bionda fanciulla ed io le cinsi il collo col mio braccio, l'attirai a me e la baciai sulla testa, mostrando tutto il mio sconcerto per un'azione così villana.

«Nonno?» chiesi.

«Sì, c'ha un nonno che viene anche lui a volte, o il sabato o la domenica. Se stesse a badarlo, no! Lo molla qui a far danni!» piagnucolò la fanciulla.

«È un uomo senza polso, lo lascia a se stesso... lo vizia e nient'altro! E poi beve molto, mi ha detto Maria.» aggiunse Estella accarezzando l'amica che teneva il capo sulla mia spalla.

«Ma tu Greta cosa gli facesti, perché ti gettasse un gavettone di... piscio addosso?» le chiesi garbatamente, trattenendo a stento il riso.

«Che ne so, nulla di così grave da meritarmelo! L'ho beffeggiato e disprezzato ogni qual volta ci rompeva le palle; per me lui si è sentito così snobbato e detestato, per sua colpa, ... che me l'ha voluta far pagare. Il suo è stato tutto nervoso represso da sfogare!» rispose la fanciulla.

«Ma quest'anno gliela facciamo pagare cara!» dichiarò con risolutezza Estella.

«Ma via, ragazze, con quello c'è solo da perderci. Ignoratelo, altrimenti va a finire che Maria si arrabbia davvero!» mi raccomandai, ma invano. In segreto pensai che quello stupido di Franciuzzo avesse sì subìto le prese in giro delle ragazzine ma forse non era sempre tutta sua la colpa; cosa di cui non mi stupivo, in quanto un giuggiolone fastidioso così, quale altra sorte potrebbe mai aspettarsi? Soprattutto avendo a che fare con ragazze talmente fiere e carine!

«Io non voglio guai, Ok! Ma se rompe gliela facciamo pagare salata quest'anno, vero ragazze?» esclamò Greta più che convinta. Vi fu un coro immediato da parte delle altre due, che parve segnare la sorte di Franciuzzo:

«Eccome se gliela faremo pagare!»

La mia curiosità crebbe a dismisura, dopo quello che mi avevano raccontato. Non vedevo l'ora di vederlo quel Franciuzzo, vittima o carnefice di quel trio di angeli, che più che angeli mi parvero ora delle Erinni. La luce del tramonto stava invadendo il paesaggio ed addolcì i lineamenti delle bellissime fanciulle, tingendoli di uno spanto rossore, cosa che giudicai certamente in contrasto coi loro stati d'animo presenti.

«Se lo vedo, io non lo cago!» disse Margie.

«Io neppure!» aggiunse Estella.

«E neanche io, ma se solo mi ronza attorno o dice una sola parola storta, io...» Tappai la bocca a Greta prima che terminasse la frase. Sentii la morbidezza squisita delle sue labbra carnose. Sussurrai:

«Basta, non avveleniamoci la serata. Dai Greta, guarda che cielo sopra di noi, e guarda che colori le montagne, che tinte, che tonalità!» Tolsi la mano e lei sorrise dolcemente, annuendo.

«Sei proprio un pittore, Lorenzo! Poetico!» intervenne Estella raggiante. E ci perdemmo a mirare i colori del calar del sole... Franciuzzo non lo vidi, probabilmente era in stanza, immerso nella sua dimensione infantile, forse ad escogitare chissà quale monelleria a danno delle tre ragazzine.

Quella notte, in stanza, dalla mia piccola finestra quadrata, puntai lo sguardo verso l'oscurità del bungalow, non vidi luci accese; le fanciulle avevano preso sonno? Era una irreale distesa di ampiezze nel buio più totale. Mi venne l'idea di prendere la mia torcia, che porto sempre con me in viaggio, puntandola in direzione del bungalow, accendendola ad intermittenza, con la speranza che una di loro se ne accorgesse. Ma nulla. Lo scenario restava nella più totale oscurità notturna. Ci rinunciai, ma proprio mentre mi apprestavo a distendermi sul letto, con la coda dell'occhio mi parve di vedere qualcosa luccicare in lontananza. Sì... stavano rispondendo con una torcia! Le fanciulle mi mandavano segnali intermittenti. Risposi e vi fu un minuto in cui conversammo in questa maniera, con la voce della luce. Ah, care amiche! Mi avevano visto! Poi non vi fu più nessun segnale ed io, steso sul letto, restai in contatto con loro col cuore e con la mente.

Franciuzzo era proprio come loro l'avevano descritto, un bambinone sui diciassette anni condannato all'obesità, un pezzo di ragazzone alto, che avanzava dinoccolato, penzolando le braccia nel camminare, scuotendole di continuo, come se fossero molli senza ossa né muscoli. Aveva una testa rotonda e cortissimi capelli a spazzola neri e piccoli occhi neri, come due fessure. Era di carnagione chiarissima. Franciuzzo, seppi, non cavalcava, ne aveva il terrore! Gli piaceva andare al fiume e fare il bagno, null'altro. Lo vidi la mattina seguente aggirarsi lungo lo steccato del maneggio, mentre mi apprestavo a prendere la consueta lezione. Le ragazze gli passarono vicinissime vestite da cavallerizze, e coi loro frustini in mano, mi parvero tanto altere con piglio di dominatrici. Franciuzzo sembrò inebetito dalla loro austera bellezza, ma non le salutò, girò appena la testa dalla loro parte seguendole poi con lo sguardo. Le tre gli gettarono un'occhiata furtiva e altezzosa, tra il disgusto e la commiserazione. Poi le sentii ridacchiare portandosi le dita alla bocca. Quel ragazzone era irrequieto, spostava di continuo il peso del corpo da una gamba all'altra, in piccoli saltelli nervosi.

Io salii in sella determinato a mettercela tutta per rendere al meglio, malgrado lo spavento dell'ultima volta. Il mio cavallo alzò un po' la testa, ma poi lo condussi al passo agevolmente. Lo accarezzavo e vedevo il lungo collo con la testa da dietro, dalle lunghe e diritte orecchie, che ogni tanto scattavano, infastidite dai tafani. Trottai con le belle amazzoni, conversando con fierezza, mentre vedevamo di lontano la sagoma pingue di Franciuzzo che si spostava con una smania sconosciuta, su e giù per il recinto. Gli passammo un paio di volte vicino, ed ebbi la tentazione di salutarlo, ma non lo feci, rimandando ad un'altra occasione. Le ragazze per un bel po' manco lo degnarono di un solo millesimo di sguardo.

«Quel maniaco pervertito chissà cosa escogita!» disse Estella guardando ora da sotto in su il bamboccione in lontananza.

«Non ci pensare, e lascialo perdere, poveretto lui che magari sta soltanto ammirando la vostra bellezza!» risposi ridendo.

«Appunto, è maniaco!» sentenziò Estella, poi partì al galoppo. Risi alquanto divertito della sua battuta. Fui poi sotto la direzione di Maria, che controllò meticolosamente il mio trotto e il mio galoppo. Fui molto soddisfatto, alla fine della lezione.

Da un pezzo mi ero accorto che Franciuzzo era sparito chissà dove.

«Molto meglio, Lorenzo!» mi disse la mia insegnante una volta sceso da cavallo. La soddisfazione fu davvero tanta.

Quando ci trovammo al solito posto a pranzare, l'acerrimo nemico delle tre ragazze era lì, seduto abbastanza distante da noi; gli gettai un'occhiata e lui mi guardò senza espressione. Ero tra Greta ed Estella, ed avevo Margie davanti a me. Franciuzzo restò a testa china sul piatto stracolmo di maccheroni e si ingozzava.

«Mangia come un porcello!» bisbigliò Greta sgranando gli occhi. C'era parecchia gente e Maria dovette apparecchiare anche di sopra. Era domenica ed era passata una settimana da quando arrivai alla Mandragora. Si udiva un gran vociare di marmocchi e un gran strillare, tintinnio di stoviglie, conversazioni che riempivano l'aria in un crescendo di blateramenti incomprensibili, tanto si sovrapponevano. Il pranzo fu lungo, poi arrivò il momento del caffè che gustai grandemente. Vi era molto sole, anche se delle nuvolette sparse vagheggiavano raminghe per l'azzurro del cielo. Tornò a disturbarmi il rumore roboante delle motociclette, che violavano impunemente quel paesaggio montano. Davanti alla pensione vi erano auto e moto parcheggiate. Maria e Gino erano assai indaffarati, e nessuno badava alle fanciulle. Ma Franciuzzo sì, le teneva d'occhio eccome! Bighellonava nello spiazzo prospiciente la casa, mentre noi, a gruppetto, si conversava circospetti. Estella muoveva di tanto in tanto le pupille in direzione di Franciuzzo che ci osservava a distanza. Erano pienamente convinte che stesse tramando qualcosa. Dal mio canto ero più divertito che altro. Poi qualcosa accadde, ma di assolutamente normale: avvicinandosi con quella sua andatura ondeggiante, il pingue ragazzone parlò, e per la prima volta udii la sua voce, nasale e vagamente stridula, direi quasi femminea!

«Non si usa salutare?»

«Oh, oh, oh!!!» fece Greta scrollando la testa con tutto quell'ammasso di chioma bionda.

«Perché ti dovremmo salutare?» sibilò Estella serissima.

«Ah, per educazione, suppongo!» rispose lui, dando un accento allusivo e poco simpatico, al "suppongo".

«Per educazione...!» fece eco Margie, con una certa prosopopea.

«Questa è bella... per educazione!!! Va là Franciuzzo, scappa da lì!» si inserì Greta accompagnando la frase con un gesto della mano, per sottolineare di levarsi dai piedi.

«Ohi, "va là Franciuzzo" lo vai a dire a qualche altro, sai?» replicò il ragazzone seriamente contrariato, e mi lasciò un po' interdetto il modo con cui articolò la frase.

«*Sciolaaa...*» gli urlò Estella.

«Dai ragazze, dopo tutto ha solo salutato.» intervenni io, un po' ridacchiando; mi risultava difficile restare del tutto serio, come la situazione avrebbe richiesto.

«Appunto!» disse Franciuzzo, con un sorrisetto stampato che irritò ulteriormente le ragazze.

«Ciao Franciuzzo...» azzardai io alzando la mano: «Come va?»

«Non cagarlo, Lorenzo!» protestò Margie, con l'approvazione delle altre.

«A parte che io non sono Franciuzzo, ma Franco... uno; due, tu chi sei?»

«Un loro amico. Mi chiamo Lorenzo» risposi garbatamente.

«E allora sta con loro e non diciamo cose *che altre non si debbano stare a dire!*» Alla sua bislacca risposta tutte risero, e scappò da ridere anche a me, che ormai mi piegavo in due.

«Ma come cazzo parli Franciuzzo... uha, uha, uha!» si torceva Greta dal ridere, Estella pure era tutta un sussulto e si reggeva alla spalla di Margie per non scivolare a terra. Le ragazze avevano le gambe bene in vista: Greta portava una minigonna in jeans, Estella e Margie calzoncini piuttosto corti, e nelle loro movenze instabili, dovute al gran ridere, evidenziarono ogni curva della loro bellezza.

«Ridete ridete, scioccherelle, che mamma ha fatto gnocchi ...»

Mi resi conto che Franciuzzo aveva un modo di esprimersi un tantino bizzarro, che suscitava irrimediabilmente una certa ilarità.

«Si può sapere che vuoi Franciuzzo? L'anno scorso ci hai

esasperate, prese di mira e fatto mille dispetti, ed ora pretendi un saluto? Tiè poverino!» Estella gli mostrò, con un gesto vigoroso, il dito medio rivolto all'insù.

«Vi ho fatto dispetti, perché avete fatto molto le stronze, e me li avete voi fatti a me, e datomi sempre addosso...» si lagnò il ragazzone.

«Gne gnegne, gne gnegne...» gli fece il verso Greta storcendo le belle labbra. E giù tutte e tre a ridere.

«Oh, tu, c'hai rotto ogni volta, carino!» protestò puntandogli l'indice Margie.

«No no, voi per prime, *essennò* io non stavo lì a *perderla* con voi!» rispose Franciuzzo mettendosi le mani ai fianchi.

«Che ha detto?» chiese Greta alle altre due con un'espressione di compatimento che riuscì a renderla ancora più attraente.

«...A perdere il tempo con noiii... voleva dire, l'ottuso.» le rispose con sufficienza Estella.

«Basta, dai, che volete litigare ancora? Ragazze, non aizzatelo.» cercai di placarle.

«Sono loro vedi? E sei suo amico, scusa eh? vedi che mi stanno sempre contro? E ottuse sfigate sarete poi voi...» biascicò goffamente Franciuzzo, saltellando.

«Finiscila, che te le suoniamo.» disse Greta mettendo la mano su un fianco e battendo il piedino in terra. Era bellissima con quello sguardo truce e arrabbiato, coi capelli biondi che le andarono sul davanti a coprirle parte del viso.

«Ah, ah, ah... bella poi questa, attente, e statevene bene attente, *che non sono per la quale!*»

«Lo si vede bene che... non sei per la quale, Franciuzzo!» se ne uscì Estella, e morimmo dal ridere.

«Anzi, fai proprio pena!» ruggì Margie.

«Ragazze!!!» esclamai nel tentativo di sedarle.

Cercai di riprendermi, mentre il ragazzone restava in silenzio oscillando su entrambe le gambe, intento a trovare lì lì una risposta azzeccata da lanciare.

«Basta smetettela...» le redarguii di nuovo, senza essere per nulla convincente, tanto mi scappava da ridere.

«Tu, fai pena alle giuggiole!» buttò là Franciuzzo su Margie.

«Ma che cazzo di frase è questa?!» esclamò Estella paonazza e scossa da sussulti.

«Scemo!» gli urlò Margie.

«Deficiente!» rincarò Greta.

«Cretiiino!» disse Estella nel suo incantevole modo. Non si stava mettendo molto bene, riflettei.

«Troie!» balbettò Franciuzzo.

A quel punto le ragazze si guardarono in faccia spalancando la bocca, avanzando verso di lui per prenderlo, ma quel ciccione se la diede a gambe con un modo di correre davvero bislacco; io rimasi lì come un babbeo mentre le tre amazzoni lo rincorrevano di gran lena. La fuga di Franciuzzo puntava verso le stalle.

«Corri, corri Franciuzzo, tanto ti pigliamo!» gli urlava dietro Greta.

Io mi mossi verso di loro, a passo spedito; temevo che qualcuno si facesse male sul serio. Il poveretto ansimava, quando li raggiunsi alle stalle. Franciuzzo venne afferrato per il lembo della maglia da Greta, si divincolò, ma non ce la fece a sottrarsi alla presa di tutte e tre che gli furono addosso in un baleno. Stavano presso le balle di fieno ed è lì che il ragazzone perse l'equilibrio e vi cadde come un fantoccio di stoffa. Il fuggiasco aveva finito la sua corsa.

«Lasciatemi che ve le busco...! lasciatemiii!» sbraitava Franciuzzo tutto rosso in faccia.

«Acchiii? Tu le stai per buscare, Franciuzzo!» gli soffiava la bionda sul collo, mentre gli torceva un braccio puntandogli il ginocchio tra le scapole, restando in piedi. In quella posizione la gonna di Greta si era tirata un po' su, riuscii a vedere le mutandine bianche spuntare dall'orlo e la soavità delle rotondità dei glutei. Estella serrava i denti in una smorfia di rabbia, montandogli a cavalcioni sulla schiena, mentre Margie gli si sedette sulle gambe con un salto felino. Vedere quelle tre bellezze sopraffare e dominare quell'obeso bambinone mi diede un fremito di erotismo. Non seppi che fare se non dire:

«Ok, dai, ora basta lasciatelo!» Ma non mi stettero a sentire continuando a tenerlo immobilizzato. Ad un certo punto Margie si alzò e corse dentro alla stalla nel ripostiglio e prese due frustini. Uno lo diede ad Estella e uno se ne servì lei. Il culo di Franciuzzo venne battuto alacremente ed udivo i ciack ciack dei colpi su quelle natiche grasse e flaccide. Lui sembrava un somaro che ragliasse, emettendo qualche sillaba confusa di supplica. Le ragazze avevano una sadica espressione in volto; Estella a denti stretti, sorrideva eccitata spalancando gli occhi a suo modo, Margie pure sogghignava mentre colpiva. Greta ora aveva spostato il ginocchio sulla guancia di Franciuzzo, così che quel faccione di mozzarella sprofondò nella paglia sotto il peso della ragazza. Era una scena buffa e al contempo tragicomica.

Smisero di batterlo quando col braccio mi interposi per fermarle. Allora Franciuzzo si girò, in quanto tutte e tre mollarono un po' la presa, ma fu un istante solo, che Greta, non soddisfatta, con una spinta lo rigettò giù, e questa volta di schiena. Gli saltò sopra lo sterno e gli rimise in viso il ginocchio mentre lo teneva saldamente per il polso, schiacciandolo nuovamente. Era ridicolo vedere come la ragazza lo valicasse in quanto a forza. I versi di Franciuzzo ora sembravano quelli di un porcellino trasportato al mattatoio! Estella gli si sedette anche lei ancora addosso, questa volta sulla grande pancia pingue. Margie gli si accomodò sugli stinchi. Pareva non ci fosse modo di fermarle, erano scatenate, non paghe ancora della lezione che intendevano dargli.

«Gettate quei frustini ragazze!» dissi mezzo serio. Lo fecero ma restarono sopra di lui emettendo versetti tipici delle ragazze impegnate a lottare.

«Ti stronco, sai?» gli urlava Greta. «La devi finire di molestarci, di dirci le parolacce, deficiente!» Franciuzzo non rispondeva, forse non poteva, con mezza faccia spiccicata.

«Basta, dai, ragazze, ora finitela!» urlai determinato a liberare quello sventurato.

«Mi resta ancora l'incazzatura di quello schifoso gavettone di anno scorso, sai?» strepitò Greta prendendolo per i capelli; Franciuzzo riuscì a liberarsi dalla presa al polso e con una mano liberò la testa da sotto il ginocchio della ragazza. Allora con uno scatto Greta non trovò altro da fare che sedersi sulla sua faccia dolorante, ed io provai un turbamento di sensualità da farmi quasi vacillare! Quel fortunato pivello, aveva il viso sprofondato sotto le intime grazie della bionda fanciulla. Lei si inarcò portando indietro le braccia e per far meglio pressione con le natiche, si appoggiò con i palmi delle mani sul suo stomaco. «Ti soffocooo! Hiiinn!» la sentii dire.

«Sì dai così, schiaccialo!» diceva quell'altra che restava a cavalcioni sulla pancia. Franciuzzo era alto, e c'era posto sopra di lui sia per Greta che per Estella. Quando entrambe si alzarono e il viso rosso di Franciuzzo riemerse dalle natiche di Greta, non ebbi che un moto di invidia.

«Bastaaa, vi pregooo!» si lagnò gutturalmente e poi barcollante si raddrizzò in piedi massaggiandosi le terga.

«Ohi, ohi, stronze!» Poi rise, inaspettatamente, con mio gran stupore, scappando via veloce, con una beatitudine che gli si leggeva in volto.

«Fanculo Franciuzzo!» gli urlò dietro rabbiosa Greta seguendolo truce con lo sguardo. Mi domandavo se le ragazze fossero così beote da non capire che, dopotutto, lui ci aveva goduto molto, e che più che una punizione, quello era stato per lui un trattamento stuzzicante, più che eccitante, da mandarlo, senza ombra di dubbio, in solluchero! Aldilà di ogni tendenza masochista, non poteva non risultare una pacchia avere – per un bisteccone come lui – tali bellezze addosso, sino addirittura a saggiare l'insperato privilegio di restare qualche minuto con la faccia sotto al culo di una di loro. Ero quasi febbricitante a quel pensiero – e soprattutto per la scena di cui ero stato testimone –, sentii un'erezione prossima ad arrivare. La dominai a fatica. Le ragazze ridevano compiaciute e si leggeva loro in volto una soddisfazione crescente. Avevano dato la lezione all'annoso nemico, ed ora erano ansimanti ma soddisfatte, con un languore in volto che me le rese irresistibili. Raccolsi i frustini e li andai a riporre al loro posto. Dissi loro che erano state cattive, e confessai – ebbi l'ardire – che tutta la scena mi aveva fatto provare tensioni e sensazioni erotiche particolari. A questa mia confessione risero un po' beffarde, ma Estella disse una frase che mi rimase a lungo nella memoria, trafiggendo i recessi più intimi della mia sensualità, che ancor oggi ne pregusto il suono carezzevole e foriero di erotici presagi. Disse:

«Io sono un po' sadica, tendenzialmente dominatrice: io godo a infliggere punizioni!»

«Allora mi dichiaro tuo schiavo, mia regina!» la buttai goffamente sullo scherzo, benché accogliessi le sue parole con devozionale serietà. Ella non mi rispose, ma accennò un sorrisino allusivo e malizioso. Raggiungemmo la pensione, ove la confusione della gente presente mi ricondusse alla realtà. Chissà dov'era Franciuzzo, a massaggiarsi le terga? Non lo si vide. Ma ero certo – e in segreto forse anche le tre belle fanciulle – che non avrebbe fatto parola con nessuno di quanto accadde.

Capitolo IV

PROVOCANTI CONGETTURE

IV

Provocanti congetture

Come tutti supponevamo, il ragazzone non andò a lamentarsi con Maria e Gino delle angherie subite, o almeno non ne aveva ancora avuto l'intenzione sino a cena. La sera Estella, Greta e Margie, si finsero in trepidazione – se non altro da come percepii il loro modo di parlarne – confabulando tra loro ipotesi di conseguenze che sarebbero sorte se Franciuzzo fosse andato a spifferare il fatto. Ma non essendo successo ancora nulla e constatando il comportamento di Maria assolutamente nella normalità, si cenò con assoluta serenità, ...dunque era chiaro che Franciuzzo aveva tenuto la bocca chiusa. Quel ragazzone si abbuffava, assai concentrato sopra il suo piatto, e di tanto in tanto mandava occhiate alle ragazze, con un fare placido e oserei dire di beata sufficienza. Non rideva con le labbra, ma pareva lo facesse con gli occhi. Insomma, era tutt'altro che contrariato, risultava impassibile e di ottimo umore. Questo indispettì non poco le ragazze che, a differenza di me, non consideravano quanto costui avesse, in definitiva, trovato ciò che cercava. Interpretarono il suo atteggiamento come annunciatore di chissà quale piano a loro danno. Mi dissero di stare in guardia, perché Franciuzzo, prima di notte, ne avrebbe combinata una delle sue. Cosa che non avvenne.

«Ragazze, io però, qualsiasi cosa accada, non ci voglio entrare. Se Maria e Gino venissero a sapere della lezione che gli avete dato, io non centro, intesi? Non mi va di assumermene la responsabilità, e tanto meno passare per complice.» tenni a sottolineare sottovoce ad Estella, restando in attesa di una sua risposta, che tardò a venire. Poi, avvicinandosi tanto con la bocca da sentirle l'alito di pesca, squisita sensazione olfattiva, disse:

«Sta tranquillo, che non ti ci mettiamo nel mezzo...»

«Non per altro, ma desidero non avere seccature, mi capisci?»

«Ti capisco!» rispose lei laconica, e poi sorrise stupendamente. Greta si ritenne certa che Franciuzzo stesse tramando una vendetta coi fiocchi. Dopo cena, di questa sua convinzione parlarono a bassa voce, con gran circospezione, prudentemente, senza farsi sentire da anima viva. Si tennero a debita distanza, facendo gruppetto con me, sedute come al solito sopra la traversa del recinto, verso il bungalow. Con andatura sempre dinoccolata, vedemmo Franciuzzo entrare nella saletta con il bar. Molta gente se n'era già andata ed ora La Mandragora stava tornando via via alla normalità. Io ascoltavo le loro congetture restando in silenzio, annuendo di tanto in tanto, finché non mi chiesero la mia opinione. Mi guardarono molto attente, come se il mio parere fosse per loro di una particolare importanza, e ciò mi rese orgoglioso. Mi accorsi che mi consideravano più saggio e maturo di loro.

«Mie care, non è detto che Franciuzzo abbia in mente qualcosa di losco. Può darsi che la lezione gli sia bastata e abbia deciso di non disturbarvi più...»

«Io non la penso così!» disse Greta abbassando il viso, con espressione delusa.

«Si vede che non lo conosci, quello!» intervenne Estella prontamente. «Se Franciuzzo avesse un granello di giudizio in quella testaccia...» continuò «... lo potrei credere, ma siccome è più cocciuto e testardo di un somaro e col cervello da troglodita, penso che trami vendetta!»

«E le sue trovate sono sempre impensabili, perché non ci si arriva ad immaginarle...!» aggiunse Margie fermamente. Estella annuì.

«È un tipo bislacco ed imprevedibile, lo immagino, ma ha potuto ben fare esperienza, sulla sua pelle... anzi, sulle sue chiappe, che non siete ragazze da farvi mettere i piedi sulla testa.» dissi scrutando i loro volti. Si misero a ridere.

«Dai, dicci ora Lorenzo quello che pensi, sul serio!» mi esortò suadente Estella.

«Ve l'ho appena detto!» le risposi. Lei mi si avvicinò col dito e me lo pose sotto al mento, ed aggiunse:

«Dai che la verità è un'altra!»

Rimasi un po' titubante, poi domandai:

«Quale verità?»

«Quella che hai detto dopo che Franciuzzo è stato preso a colpi di frustino sul culo!» rispose Estella calcando sulla parola "frustino" e su "culo".

«Sì, dai diccela...» fecero in coro le altre due.

«Cosa ho detto?» feci finta di non ricordare, guardandole tutte e tre con un sorrisetto che pensai dovesse essere stato da ebete.

«Lo dico io? Eh?» propose Estella assumendo una espressione molto, ma molto maliziosa. Non risposi e lasciai che lo dicesse lei:

«Che con quella scena avevi provato sensazioni erotiche particolari. eh eh, eh...»

«Già, è vero, l'hai detto!» mi pungolò Margie.

«E va bene l'ho detto.» ammisi con una punta di imbarazzo.

«Quindi?» intervenne Greta con uno scatto della testa.

«Già, quindi?» soggiunsi io di rimando.

«Mica siam nate ieri, carino!» disse Estella con sfida, fissandomi da sopra in giù.

«Avresti voluto essere nei panni di Franciuzzo, soprattutto quando il culo di Greta si sedeva sulla sua faccia da porco!» rettificò astutamente e con molta malizia Estella. Greta scoppiò a ridere, poi si coprì il viso con le mani, fingendo pudore.

«Beh, sì, non posso negarlo ragazze!» confessai alla fine, mettendomi anche io a ridere.

«Voi maschi, non so perché, siete sempre porci!» se ne uscì Margie che si unì alla risata.

«La verità è, oltre a questa, che... Franciuzzo ha provato un folle piacere... in quella situazione, e non mi dire, tu, Greta... che non ne sei consapevole.» dissi tutto d'un fiato.

La bionda ninfetta attirò gli sguardi delle sue amiche, e naturalmente il mio, ansiosi com'eravamo della sua risposta.

«Oh... ehm, beh, sì, quel maiale ci ha goduto, ora che mi ci fate ripensare...» disse Greta angelicamente.

«Chi non ci avrebbe goduto!» profetizzai virilmente. «E morale della favola...» continuai, «Il Franciuzzo, se mai escogitasse qualche cosa a vostro danno, (lo penso... e me ne convinco), sarà solo per cercare di trovarsi in una situazione eccitante come quella appena vissuta, di ricevere un trattamento simile da una di voi, o... per lo meno, godere di avervi addosso e masochisticamente acconsentirvi di batterlo e strapazzarlo un poco. Quel tanto che basta! Ci ha preso gusto, ma mooolto gusto!»

Mi stettero ad ascoltare a bocca aperta, con commuovente attenzione.

«Ora sta a voi...» ripresi, ben felice della loro adorabile attenzione.

«Sta a noi?» domandò Margie arricciando il naso.

«Proprio così! Sta a voi se stare al gioco... lasciandolo agire e castigarlo di nuovo, divertendovi sadicamente, ... o ignorarlo... e se la combina grossa, non reagire assolutamente, ma andare a chiamare Maria. Naturalmente questo deprimerebbe assai Franciuzzo.» conclusi.

«Io mi ci divertirei volentieri!» affermò Estella tirando fuori la sua indole sadica.

«Sì, ma cazzo, come gli andrebbe grassa a sto fetente di

Franciuzzo!» esclamai esasperato. Estella rise a denti stretti, nel suo modo, spalancando gli occhioni azzurroacqua.

«Ecco perché non ha detto nulla a Maria e Gino; lui non aspetta altro che capitare ancora sotto le vostre grinfie!» aggiunsi infine.

«Cavoli, hai ragione!» esclamò Greta divertita.

«E certo che ha ragione!» sottolineò con enfasi Estella.

«Che pervertito!» disse Margie.

Erano adorabili nel loro grazioso abbigliamento da dopocena, fresche di doccia e di shampoo, profumate e toniche, raggruppate nell'ombra incantatrice della sera.

Ridacchiavano rimuginando quanto avevo detto loro, poi si fecero repentinamente serie, bisbiglianti, intrise di cattiveria verso Franciuzzo, mutavano di espressione e si alternavano in ragionamenti rocamboleschi. Il frinire delle cicale riempiva l'aria fresca della sera, il loro canto era un canto d'amore, e glielo dedicai intimamente, perché io le amavo le mie fanciulle! Quantunque desiderassi attirarle in argomenti sempre più sensuali, restai a guardarle e non osai oltre. Nulla mi faceva sperare di ricevere da loro attenzioni erotiche, e quanto più ne ipotizzavo la difficoltà, tanto maggiore era il mio scoraggiamento. Le accompagnai più tardi al bungalow, ove ci attardammo a parlare, là fuori, sino quasi all'una. La conversazione menzionò ancora in gran parte Franciuzzo, poi scivolò sulle lezioni di equitazione, e in altre divagazioni fittizie, e mentre sconfinavano con le parole in argomenti di diverso genere, io non le seguii più, e ripresi a fantasticare sui loro corpi provocanti. Mi invitarono ad entrare dentro il bungalow, salii due scalini passando sotto una pensilina sporgente, e vi feci ingresso.

Le assi scricchiolarono sotto i miei passi. Quell'ambiente rustico, una lunga stanzetta di legno con tre brande e un piccolo bagno, era il nido delle fanciulle. C'erano due graziose finestre che davano sul maneggio. Compresi quanto fosse per loro elettrizzante vivere là dentro, nella pace della notte, in una dimensione surreale. Trovarmi assieme a loro, in quella ora tarda all'interno del bungalow – e mi feci caso che Maria ancora non le aveva cercate, –accese in me tensioni ed eccitazioni intense. Con mio grande stupore si spogliarono per mettersi a letto, rimanendo in mutande! Erano uno spettacolo! Le loro cosce lisce e ben tornite, armoniose, dalle spettacolari curve da teenager, mi offrirono una visione di movenze e posture di un erotismo da far sbarellare la testa! Belle, belle!! Restai intontito e dissi solo:

«Siete incantevoli. Morirei per voi!»

Avevano dei culi ammirevoli, straordinariamente sodi e tondi. Mi diedero tutte e tre un bacio sulla guancia, e a quel contatto mi parve di venir meno. Estella si sporse dalla finestra, offrendo al mio sguardo le rotondità delle natiche, da invogliarmi a baciarle avidamente: l'aderenza delle mutandine evidenziava la perfetta rotondità di quei globi acerbi ma compatti; poi si voltò di scatto scuotendo i riccioli, e con un espressione furbesca e colpevole disse: «Oh cavolo, Maria!»

Si gettarono sulle brandeletto fulminee supplicandomi di uscire. In preda all'agitazione uscii di fretta, non prima di aver detto loro:

«Venite una notte da me?» La buttai lì, e mi stupii d'averglielo chiesto. Greta bisbigliò:

«Sì, ma muovitiiii!»

Uscii come un clandestino braccato e vidi di lontano la torcia di Maria che puntava nella mia direzione. Quando fui di fronte a lei mi disse:

«È tardi, non credi che le ragazze debbano dormire?»

«Le ho salutate, scusami... stavo giusto ritirandomi. Buonanotte Maria.»

«Buonanotte Lorenzo...» mi rispose seria, risalendo con me.

Ma le diedi un notevole distacco. Giunto alla mia stanza, dopo poco fui tentato di mandare qualche segnale con la mia torcia. Non desistetti e lo feci. Loro mi risposero quasi subito con tre colpi di luce, e poi fu buio totale. Prima di addormentarmi, con memoria eidetica, rividi le loro anatomie irresistibili, le acerbe forme di quelle parziali nudità, che ottenebrarono la mia mente in lubriche fantasticherie.

La mattina dopo, mentre si faceva colazione seduti alle panche della stanza rivestita di legno, entrò Franciuzzo a passo spedito, col solito intercedere a braccia penzolanti.

«Giorno Franco!» lo salutai con tutto rispetto.

«Bondì!» rispose, allorché Greta fece eco:

«*Motta*, Franciuzzo!»

Risero divertite tutte e tre.

«Oh che bella battuta! Non iniziate che è mattina!» rispose lui acidamente, sedendosi in una panca dietro di noi. Dopo poco arrivò Maria col cappuccino e due cornetti per Franciuzzo. Come al solito si ingozzò.

Finito che avemmo, ci alzammo. Le ragazze erano abbigliate da cavallerizze ed io pure, con la mia solita bandana, jeans, T-shirt e stivali da equitazione. Diedero un'occhiata furtiva a Franciuzzo che inzuppava l'ultimo cornetto. Lui le squadrò per benino, belle com'erano agghindate da amazzoni, che conferiva loro un piglio di austero fascino. Salutai e lui pure. Le ragazze gli fecero un saluto agitando le dita che risultò indubbiamente e allusivamente canzonatorio. Al loro sbeffeggiante saluto egli controbatté:

«Andate, andate a cavallo, *che povere bestie a sopportarvi in groppa!*» L'intercalare bizzarro di Franciuzzo mi fece nuovamente ridere.

«Attento Franciuzzo che ti facciamo fare a te, il cavallo!» gli rispose con una vocina sibilante Greta. In quell'istante mi balenò in testa l'immagine di lei in groppa a Franciuzzo che, in terra a quattro zampe, arrancava gravato dal peso di quella bella bionda. Questa visione mi sopraffece stuzzicandomi sensualmente.

Era incredibile come quelle terribili creature fondessero impertinenza ed erotismo, e non mi fu chiaro se la battuta del "cavallo" Greta l'avesse detta consapevole dell'effetto erotico che suscitava in me, se per provocarmi, o se addirittura ne ignorasse l'allusiva incidenza. Fatto sta che nei loro volti percepii una vibrazione simile alla voluttà, che si tramutò in orgoglio femminile all'atto in cui mimarono la cavalcatura su Franciuzzo.

«hop, hop, trotta Franciuzzino ... hop, hop, trotta cavallino!» cantilenò Estella scuotendo la testa ricciuta. Greta e Margie le fecero eco terminando con una gran risata. Poi corsero via sempre ridacchiando.

«Spiritose che siete! petulanti sciocchine, peggio di quelle *api cavalline*!» si udì la sua vocetta nasale a distanza.

«Si chiamano tafani, ignorante!» gli rispose Greta di lontano.

«Finitela dai!» le redarguii.

Gino ci aspettava alle stalle. Avrebbe diretta lui, quella mattina, la lezione. Dopo il cavallo, che andò benissimo, il pranzo avvenne senza scontri. Franciuzzo mangiava con il suo solito grandioso appetito, e noi pure. La pennichella la feci immediatamente. C'era troppo sole e caldo per restare in quella canicola, anche all'ombra, a fare gruppetto. Loro tre raggiunsero di buon grado il bungalow, ed io mi stesi a leggere sul mio letto. Poi presi sonno. Mi svegliò il rombo di un motore che arrivava. Quando mi sollevai erano le cinque e mezza. Caspita quanto ho dormito, pensai. Seppi da Maria che le ragazze erano andate al fiume, ma io non ebbi alcuna voglia di raggiungerle. Mi fermai presso l'entrata della pensione a godermi la pace e a pensare, davanti ad un boccale di birra. Assaporavo quel momento di tranquillità pago e rilassato. Sulle sei e mezza vidi le fanciulle di ritorno, risalire il sentiero sino a La Mandragora. Parlavano animatamente, e quando mi mossi loro incontro, le trovai contrariate.

«Che è successo?» domandai.

«Quello stronzo di Franciuzzo ha spinto Estella dalla roccia, giù in acqua, ci è mancato poco che scivolasse sbattendo la testa sul sasso. E non è tutto! Quello sfigato ha gettato nel fiume i nostri zaini dove c'erano le nostre magliette e i calzoncini: tutto fradicio, guarda!» e Margie mi indicò le loro magliette che indossavano, effettivamente zeppe d'acqua.

«Ah, ma questa volta gliela facciamo pagare, al deficiente!» tuonò Estella.

«Ma che sfigato!» esclamai. Poi domandai, «Dunque Franciuzzo è venuto con voi al fiume? Il motivo del gesto?» Scossi la testa.

«Non certo accompagnate da noi; c'è venuto per suo conto dopo un po' che vi eravamo arrivate. Non gli pareva vero di averci a tiro! Il motivo sarà stato perché lo abbiamo chiamato "ritardato", forse...» disse Greta alquanto irritata.

«Già, non essendoci tu ha preso coraggio!» aggiunse Margie.

«E ora dov'è, ancora al fiume?»

«Starà per risalire, ma aspetta che lo vedo e lo concio!» minacciò furiosa Estella.

«Che è successo dopo che ha fatto quello che ha fatto?» domandai di nuovo.

«È scappato per la boscaglia e noi a dirgliene di tutti i colori. Margie ha tentato di dargli un calcione, ma l'ha mancato.» proseguì Estella lagnosa.

«Suvvia, appena arriva ci penso io a dirgliene quattro, state calme adesso.» affermai con risoluta decisione. Ma non andò così. Franciuzzo un'ora dopo arrivò, e siccome Maria, che aveva l'occhio lungo e controllava sempre ogni sfumatura che le potesse rilevare qualche difficoltà, problema o discordia in atto, interrogate le ragazze e saputa la faccenda, affrontò lei Franciuzzo sgridandolo sonoramente. Il suo rimprovero calcò soprattutto sulla spinta in acqua dal masso, a danno di Estella, cosa che a giudizio considerò molto pericolosa. Franciuzzo impallidì, si lagnò e balbettò frasi che risultarono pressoché indecifrabili. Poi fuggì in camera. Le ragazze stettero ad assistere al rimbrotto di Maria, al termine del quale non sembrarono affatto averne tratto soddisfazione.

Mentre raggiungevano tutte bagnate il bungalow, le sentii giurare vendetta.

Capitolo V
IDILLIO

V

Idillio

Prima che arrivasse l'ora della consueta cena, sentii l'irresistibile bisogno di andare a trovare i cavalli per godermeli in santa pace. Stare da solo con loro non era cosa semplice, perché non sempre si poteva avere questo privilegio, e l'ora in cui invece si poteva approfittarne era proprio verso quella vespertina, cioè quando il maneggio era vuoto perché i cavalli stavano in riposo dentro le stalle. I miei adorabili cavallini! Sentivo di amarli come certamente capita a tutti coloro che imparano a conoscerli da vicino grazie alla pratica dell'equitazione. Avevo preso due belle carote, grosse e lunghe, chiedendole alla nuova cameriera che andò a prelevarle dalla cucina; lei si abituò presto un po' con tutti, specie con i bambini del maneggio, e chiunque chiedesse una o due carote gliele dava volentieri, ben sapendo a chi erano destinate. Gino una volta disse soltanto, raccomandandosi a tutti quanti: «Però non dategliene troppe, una o due al massimo.»

L'aria della sera era soavemente dolce e carezzevole ed io sentivo di stare particolarmente bene, sereno e con un gran senso di pace nell'animo. Questo accade sempre quando si è immersi nella natura e si sta a contatto con animali straordinari come i cavalli. Quelle bestie, pensai, comunicano amore e sentimenti buoni. Lo sentivo sin nel profondo del mio animo. Così mi portai verso le stalle lasciandomi alle spalle la pensione agrituristica, mentre il cielo si stava tinteggiando di un dolcissimo lilla sopra ai monti ricoperti di fitta boscaglia. L'odore delle stalle era come sempre inebriante per le mie narici: sentore di fieno, di cuoio, di natura selvaggia, di sudore di cavallo, forte, pungente, quasi stordente. L'unico disturbo erano i tafani, le mosche che perennemente tormentavano i cavalli, i quali, con continui scatti della testa e con vibrazioni del manto e calci con le zampe, cercavano inutilmente di sbarazzarsene. Erano letteralmente assalite, quelle povere bestie, da nugoli di tafani.

Mi avvicinai a loro con un po' di titubanza, quindi con una certa cautela. I loro occhi scuri e profondi, acquosi, dalle lunghe ciglia morbide e folte, mi fissavano con uno sguardo immensamente buono ma leggermente intriso di una punta impercettibile di mestizia, ma questa era solo una mia impressione, lo sapevo, sapevo che quelle meravigliose bestie non erano affatto malinconiche! Tuttavia gli occhi dei cavalli mi hanno sempre dato questa impressione; per questo forse risultano tanto belli e commoventi. Accarezzai le froge molli e maculate di uno di loro, mi sentivo felice, sì, di una felicità antica e pura; quando avvicinai la mano col palmo aperto, il cavallo annusò la carota che gli stavo porgendo con reverenza, mostrandomi le gengive scure e i denti grandi e forti; poi vidi la lingua rosata e maculata raccogliere per intero la succulenta radice e dopo un movimento tremante del largo collo, fece scattare in alto la splendida testa dalla folta criniera iniziando a masticare. Mentre masticava sentivo il rumore che faceva sminuzzando la mia carota, un rumore sordo ma energico. Sorrisi deliziato e cominciai ad accarezzargli il collo possente che sporgeva per metà dalla porticina del box. Fissavo il suo muso, ero incantato! Poi portai la seconda carota all'altro cavallo vicino. Avevo imparato i nomi di alcuni di loro, anche se non sempre riuscivo a riconoscere chi fosse l'uno e chi l'altro, spesso me li confondevo. Comunque riconobbi il mio preferito, quello più mansueto, ossia Aramis, così pure anche Favola; poi c'era Carlitos che era il più massiccio e il più alto. Seguivano Morgana, Apollo, Nebbia e Tornado. Poi ce n'erano altri di cui non riesco a ricordare il nome.

Risalii verso la pensione con animo fresco e leggero, guardandomi attorno e ammirando quel paesaggio semplice ma allo stesso tempo complesso. Mi andai a preparare per la cena e perciò raggiunsi la camera per mettermi qualcosa di più pulito e per lavarmi le mani.

Ripensai alle mie ragazze e alla loro intrigante bellezza, al fiore dei loro verdi anni, e rivissi più volte, anche dopo lungo tempo, ciò che avevo visto nel bungalow, vale a dire i loro splendidi corpi giovani, le loro natiche incantevoli con le sole mutandine; quanto mi avevano mostrato senza pudore alcuno e in modo tanto sfrontato, senza preoccuparsi del turbamento che mi potevano recare, fu per me un regalo fortuito e inaspettato concessomi liberamente e mi sentii davvero fortunato.

Ancora non ho nominato due splendidi cani dell'agriturismo La Mandragora, lo faccio adesso: c'erano Gaia (la cagna San Bernardo) e Argo (un incrocio fra un collie e un pastore tedesco). Entrambi erano splendidi e molto socievoli; erano letteralmente due bestie adorabili. Ma c'è dell'altro. Non posso dimenticare di menzionare anche il figlio di Gino e Maria che era un ragazzino di soli dodici anni; si chiama Michele. Era come si suol dire un autentico discolo e un irriducibile scocciatore. Non del tipo di Franciuzzo intendiamoci; Michele più che altro aveva un'irruenza e una vivacità tipica di molti ragazzini della sua età e il suo modo di importunare consisteva più che altro nel fare boccacce apparendoti all'improvviso, emettendo urla fastidiose e prolungate. Poi correva dappertutto e non stava mai fermo, pareva davvero avesse l'argento vivo addosso. Tirava gavettoni alle bambine, lanciava sassolini con la fionda, rideva sguaiatamente e faceva un chiasso insopportabile con qualsiasi oggetto si trovasse per mano: sbatteva bastoni di legno su vecchie pentole ammaccate, strillava, spernacchiava, sbatteva un sasso con l'altro, e ti assaliva all'improvviso con la voglia di fare la lotta e spintonandoti senza badare di provocare guai. Maria e Gino lo redarguivano sovente, sgridandolo e facendogli degli urlacci ammonitori, ma lui scappava sempre, si nascondeva e rideva con la bocca aperta facendo vedere indecorosamente tutte le briciole di pane masticato fra i denti e la lingua. Era terribile, un vero demonio! Ma nonostante questo, accidenti... era un cavallerizzo stupendo, invidiabile! E certo, era figlio di Gino e di Maria! Le fanciulle non ebbero mai da dire con Michele, anzi, non lo consideravano nemmeno e lui furbescamente si teneva alla larga da loro e inoltre le ragazze in questione non erano certo per lui un bersaglio preferito su cui mirare. Michele o infastidiva i grandi o andava a tormentare i bambini o le bambine della sua età. Spesso e volentieri tormentava anche Franciuzzo, il quale aveva sempre la peggio.

Quella sera imparai anche il nome dell'altra cameriera, quella giunta da poco, che ai miei occhi appariva pure lei particolarmente bella. Era di origini francesi Céline; aveva un viso pulito, del tipo acqua sapone, con occhi castano chiaro e capelli lunghi castani, morbidi, fluenti e un sorriso dolcissimo. Credo che avesse intorno ai ventidue anni. Bel corpo, molto femminile. Amava la musica country, tanto è vero che ogni volta che faceva pausa e si sedeva in una sedia a ridosso della pensione, con la schiena appoggiata ad una delle pareti fatta di sassi chiari, restava lì con il suo registratore ad ascoltare i più bei brani country che mi capitò di sentire. Qualche volta mi fermai a chiacchierare con lei e fu un piacere ammirare la sua dolcezza e il suo comportamento, dai modi gentili, a tratti deliziosamente sbarazzini; Céline mi parlò, facendomi una confidenza, di un ragazzo che ogni tanto veniva per qualche giorno a La Mandragora, e che era innamorato di lei. Mi rivelò il nome: Mike, e mi disse anche che assomigliava abbastanza al cantante Sting. Lui veniva all'improvviso, stava solo pochi giorni, solamente per vedere lei e continuava a corteggiarla, suonandole con abilità la chitarra. Céline di lui non ne voleva sapere ma lo trattava sempre con gentilezza e lui ogni volta sperava di conquistare il suo cuore.

Come di consueto cenai nella sala da pranzo seduto ai lunghi tavoli di legno massiccio, con le ragazze, Franciuzzo e alcuni bambini e due signori. Michele non lo vidi mai sedere con noi, sia per il pranzo che per la cena; lui mangiava in cucina con le inservienti, essendo il figlio dei proprietari. Fra le altre prelibate pietanze, quella sera servirono prosciutto e melone, il mio piatto preferito. Margie mi era seduta di fronte, mentre alla mia sinistra avevo Greta e accanto a lei stava Estella. Franco si era messo abbastanza distante, in fondo alla tavolata – lo vidi alla mia destra –; chiaramente volle stare il più possibile lontano dalle sue aguzzine. Margie mi rivolse la parola dopo aver guardato la sua amica con un sorrisino quasi complice.

«Dove sei stato prima Lorenzo? Non ti abbiamo più visto.»

«Ah, già. Sono andato a vedere i cavalli alla scuderia e gli ho portato una carota che mi ha dato Céline.»

«Bravo, anche io lo faccio quando posso...» intervenne Greta tenendo lo sguardo sul suo piatto «ed è bellissimo accarezzarli, guardarli, e dare loro da mangiare carote o un po' di fieno.»

«Sono delle bestie stupende!» esclamai sorridendo.

«Gino a volte mi permette di togliere la sella e di spazzolare il cavallo che ho montato, dopo che l'ho fatto raffreddare ben bene al passo, appena uscito dal recinto del maneggio. È bello aver cura di loro!» disse Estella sporgendosi un po' verso di me.

«Beata te che te lo lascia fare... e beh, tu sai come fare, hai già dei cavalli!» le rispose Margie.

«Davvero?» feci io sorpreso. «Tu Estella tieni dei cavalli? Tuoi?»

«Anch'io vorrei un cavallinooo!» frignò Greta con una vocina da bambina.

«Sì, dove vivo tengo anche due cavalli. Me li ha regalati mio nonno qualche anno fa. Sono tutti miei!» Estella lo disse con orgoglio e calcò sulla parola "miei".

«Beata te fanciulla, ecco perché sai cavalcare così bene! Allora è già da molto tempo che monti in groppa...» dissi rivolgendomi verso di lei che nel frattempo già parlottava con Greta.

«Per forza, Estella è una spudorata capitalista!» saltò fuori Greta con fare canzonatorio mostrando i bei denti con un largo sorriso.

A quel punto guardai Estella preoccupato, pensando che se la fosse presa e invece rispose a Greta con vivacità e sorridendo di rimando:

«Oh, che ci posso fareee, mio nonno è facoltoso e allora per il compleanno, sapendo la passione sfrenata che ho per i cavalli, ha sganciato un bel gruzzolo e mi ha fatto la sorpresa. Due cavallini, di cui uno acquistato in un allevamento di cavalli da corsa. Quindi vedessi come va a scheggia!»

Margie mi guardò con un'espressione da malandrina che la rese al mio sguardo assai sexy, perché quando le ragazze si atteggiano con fare furbo e sbarazzino, del tipo "monella", beh allora le trovo sempre irresistibili. Mi disse bloccandosi su se stessa, parlandomi a bassa voce:

«Oh oh oh... la "principessina" Estella... che si dà tante arie perché ha due cavallini tutti suoi!»

Poi anche Greta si rivolse verso di me e mi indicò con fare canzonatorio la figura di Franciuzzo che stava sul fondo della lunga tavolata, me lo indicò con un gesto del mento, come dire: "Guardalo che fa..." Io lo guardai e vidi che si stava ingozzando con le mani senza usare la forchetta; si infilava nella sua piccola bocca fette di prosciutto penzolanti, e senza neanche attendere di averle masticate per bene, faceva sparire dentro la bocca anche pezzi lunghi di melone, e un po' di succo arancione del frutto gli colava giù dal mento grassoccio. Notai che gli erano apparsi un bel po' di bugni sulla faccia.

«Guardatelo, mangia come un maiale ingordo!» esclamò Greta a denti stretti. Io non riuscii a trattenere una rumorosa risata.

«Ma non ti sembra che oggi abbia la faccia piena di bugni?» le feci notare sempre ridendo.

«Per forza, è goloso che fa schifo! Si sarà riempito di mastelle enormi di gelato. Spesso si fa accompagnare e scende in paese a Monteluna e poi fa razzia nella prima gelateria che incontra.» mi spiegò Greta che continuava a sbirciare verso Franciuzzo.

Di nuovo io giù a ridere che ormai mi andava di traverso il sorso d'acqua. Margie intervenne e con un ghigno birichino disse:

«È vero. Lo abbiamo visto personalmente. Fa merenda in gelateria e si svuota un'intera mastella di gelato pari ad una porzione per quattro! Fa schifo... è ghiotto, è smodato, è...» Non finì la frase che le scappò da ridere. Estella, che aveva ascoltato il discorso intervenne completando la frase di Margie, disse senza però ridere:

«...Sì, è incontinente, è un porcello vorace, non è mai sazio di dolci, è un maiale e poi, se andasse a cavallo, (ne sono certa), sembrerebbe un sacco di lardo appoggiato sulla sella, molle e ciondolante. Ma lui ne ha il terrore, ovviamente! Tonto che non è altro, prima o poi studierò una vendettina esemplare per ciò che mi ha fatto al fiume!»

Tutti ridemmo a crepapelle e credo che Franciuzzo si accorgesse che stavamo burlandoci di lui, ma per non darci soddisfazione, forse, finse di non aver sentito e continuò a mangiare senza scomporsi.

«Che si fa stasera?» chiese improvvisamente Greta.

«Non so ragazze, che facciamo?» le risposi, subito immaginando nella mia fantasia situazioni particolari ed erotiche, ricche di deliziose aspettative in compagnia delle care, adorabili fanciulle. In quel momento venne servita la frutta e Céline assieme all'altra cameriera venne a chiedere chi desiderasse il caffè. Poi furono riposte in tavola bottiglie di liquore di liquirizia e di limoncello, nonché amari di centerbe di montagna. Io presi il caffè e un bicchierino di liquore ghiacciato alla liquirizia. Mi accorsi che Franciuzzo non era più al tavolo, era sparito, forse si era già ritirato in camera sua. Spesso dopo cena si dileguava e si diceva – ma non avemmo mai la possibilità di appurarlo – che uno o due volte la settimana se ne andava a dormire prestissimo come le galline. Ed anche questo era argomento di derisione da parte delle tre ragazzine.

«Io proporrei di aspettare che si faccia sera e poi di andare a vedere le lucciole, là oltre le scuderie.» avanzò Margie alzandosi da tavola seguita da me e dalle sue amiche. L'idea mi prese di sorpresa; da quando ero arrivato alla cooperativa agrituristica La Mandragora, non avevo ancora pensato alle lucciole. Sapevo che ce n'erano parecchie in estate, da poter vedere, specie in territori di montagna e di collina.

«Sì ma ditelo piano altrimenti se sentono i bambini vogliono venire anche loro e allora non ce li togliamo più di torno.» soggiunse Estella. Estella aveva ragione: quei pochi bambini che c'erano a La Mandragora, spesse volte capitava che ci seguivano e volevano intromettersi; pretendevano che noi giocassimo con loro o li coinvolgessimo nelle nostre escursioni. L'età massima di quei bambini non superava i dieci o dodici anni. Il più piccolo mi sembra di ricordare che ne avesse otto. Con una delle bimbe era nata una certa amicizia affezionandosi particolarmente. Si chiamava Sara. Con lei ho passato qualche mezz'ora di pomeriggio a giocare a carte o con quei giochi da tavolo comunissimi o a disegnare e a colorare coi pastelli. Ricordo che ai più piccoli, Gino, la sera, metteva nel videoregistratore le cassette dei cartoni di Peter Pan e di Cenerentola, Biancaneve e altri classici di Walt Disney, e allora stavano tutti buoni incollati davanti al televisore. Quando uscimmo dalla pensione, l'aria fresca della sera mi investì piacevolmente. Io e le mie ragazze ci andammo ad accomodare seduti lungo il tavolo di legno sotto la tettoia di sottili canne. In quel terrapieno rialzato, dietro la pensione, fatto di pietre e recintato di tronchi di legno di pioppo, per il quale si accedeva tramite degli scalini in sasso, di sovente io e le fanciulle salivamo e scendevamo, rincorrendoci al pari dei bambini. Ora sul cielo vespertino biancheggiava una luna luminosa, sopra le sagome degli alti monti boschivi; il disco lunare faceva capolino fra nuvolette color rosa pallido. Respirai lieto quell'aria fresca e salubre che odorava di pino e di erbe aromatiche. Restai lì, cercando un po' di silenzio, godendomi il paesaggio; mi sentii felice di essere in compagnia delle tre ninfette, mentre due cavalli, di lontano, facevano la loro cena infilando il muso attraverso i tronchi dello steccato del maneggio. Più tardi avremmo incontrato le lucciole.

«Le lucciole, se l'ambiente è idoneo alla loro riproduzione, si possono vedere dall'inizio di giugno alla fine di luglio e spesso anche in agosto.» dissi per entrare in argomento, mentre ci stavamo avviando verso le stalle. Avevamo atteso che si facesse buio restando per un bel po' seduti al tavolo sotto il riparo della copertura di canne, sul terrapieno accanto alla pineta. Poi ci spostammo verso il maneggio, e stava imbrunendo; alcuni cavalli erano ancora liberi a ruminare il fieno o l'erba presso lo steccato del recinto. Mi sentivo felice e pervaso da un gran senso di commovente libertà. Fu un raro momento di gioia: quella gioia paragonabile solo al tempo spensierato della fanciullezza, che ti entra nel cuore sin nel profondo e che non ti lascerà mai più, restando per sempre vivo nella memoria come un afflato magico e intimo. Ero lì, accompagnato dalle mie ninfe, circondato da una natura generosa e dolce e assaporavo quegli attimi con una coscienza invasa da un torpore di abbandono e beatitudine; la notte stava cullando le nostre anime e il battito dei nostri giovani cuori scandiva il ritmo delle pulsazioni di una natura assopita ma vibrante.

«Stanotte il cielo è un incanto!» esclamò Estella fermandosi e guardando in alto. Le stelle brillavano a migliaia nel manto notturno, vive e fulgide, come sentinelle sopra i monti scuri e imponenti, rivestiti di conifere.

L'atmosfera si era fatta incantata e tutta quella natura pareva ci stesse abbracciando e accogliendo con sacro rispetto e amore; giù in fondo, alle nostre spalle, vidi la sagoma scura del lato stretto della Mandragora, e puntai lo sguardo in direzione della mia piccola finestra. Il lamento dei versi di qualche animale notturno a noi celato, di tanto in tanto rompeva il silenzio, così pure il canto dei grilli con il loro sottile frinire, inconfondibile e ormai familiare. L'affabile suggestione di quei momenti era tutta da assaporare come un dono prezioso.

Era buio e le figure delle tre fanciulle ora mi apparivano scuri profili angelici e questo, nella mia mente, mi diede la sensazione come se si fosse creato, attorno a loro, un certo velo di mistero che me le faceva desiderare di più. Si erano trasformate in attraenti angeli della notte.

Ci eravamo portati con noi una torcia, chiaramente per farci luce durante la nostra passeggiata verso il sentiero in fondo alle stalle; lungo il tragitto le ragazze cominciarono a giocherellare con la luce delle torce, e il loro divertimento consistette nell'illuminarsi a vicenda il viso, o puntandosela loro stesse sul proprio, facendo le boccacce. Poi dirigevano la luce verso di me abbagliandomi e così ridevano emettendo acuti versetti, e poi presero a spintonarsi l'una con l'altra seguitando a ridere;

ridevano come ragazzacce ubriache. Greta mi saltò persino in groppa, d'improvviso, suscitando l'ilarità di Margie e di Estella, ed io dovetti sostenere il suo peso a fatica in quanto mi aveva sbilanciato. Ce l'avevo dietro, aggrappata a me a mo' di zaino. Fu bello e stuzzicante.

«Ragazze smettetela di fare tanto chiasso dai... basta, se no arriva Maria e ci richiama dentro.» Mentre dicevo questo ridevo anch'io.

Arrivati presso le stalle, dopo qualche minuto dedicato a guardare i cavalli che parevano sonnecchiare dentro i loro box, ci portammo verso la staccionata, oltre la quale iniziava uno stretto sentiero che conduceva al bosco.

Ci avvicinammo allo steccato ora con religioso silenzio, tenendo spente le nostre torce. Sentii i corpi delle tre giovani amiche avvicinarsi a me; mi si strinsero accanto con premura, certamente un po' intimorite dal buio profondo che regnava attorno a noi.

«Facciamo silenzio!» disse Margie a bassa voce e percepii i loro respiri un poco ansanti. Anche io mi sentivo emozionato e leggermente colto da inquietudine, comunque senza dubbio ero anche eccitato. Se non avessi avuto i freni inibitori, forse avrei preso la prima ninfa che era a tiro di braccio, e l'avrei stretta a me cercando di assaggiare il sapore della sua bocca. Ma fu solo una fantasia momentanea.

«Zitta Greta, che ridiii, Ssssst!» incalzò Estella.

«Dai facciamo silenzio.» seguì Margie.

Quel buio, troppo buio! Un nero inquietante e minaccioso. Sapevamo che oltre la staccionata v'era il sentiero e subito di lì a poco si sarebbe esteso il bosco, profondo, tetro e sinistro, perché immerso nell'oscurità più completa. La torcia di Estella si accese per un attimo e provai anche io, ma il raggio non arrivava più in là di pochi metri: si spegneva su un muro nero creando sullo sfondo un alone insignificante.

Eravamo in attesa di qualcosa che non sapevamo neppure noi. Ma sì certo! Le lucciole! Dove erano le lucciole? Per un po' non le vedemmo ma dopo poco, restando con le torce spente, quando i nostri occhi si furono abituati all'oscurità, allora d'incanto, eccole apparire! Erano là sopra al sentiero, e anche ai lati di questo, e brillavano magnificamente, luccicavano intermittenti con la loro meravigliosa lucetta color verde brillante, come smeraldi scintillanti.

Tutto accadeva in un silenzio incantato. Oh prodigiosa esibizione delle lucciole! Splendide e preziose fatine della notte: quale commovente mistero della natura! Mi venne subito da pensare che chiunque si trova davanti allo spettacolo delle lucciole, anche lo spirito più insensibile, sente l'animo gonfiarsi di un idillio inenarrabile. Capii che l'unica risposta a quello spettacolo era il silenzio. E infatti, dopo qualche esplosione di stupore, rimanemmo in totale quiete godendoci la pace di quella visione mirabile.

«Prima o poi mi piacerebbe inoltrarmi nel sentiero e andare oltre, sino al bosco, fra quelle lucciole!» disse Estella con evidente entusiasmo.

«Sei pazza? Laggiù, in quel buio?» soggiunse Margie dandole un colpetto sulla spalla.

«Lo spettacolo è incredibile, ma io mi fermerei qui ragazze, non credo sia opportuno proseguire oltre di notte, anche con le torce. Può essere davvero pericoloso.» intervenni con convinzione.

«Già, il pericolo maggiore dicono che siano i cinghiali. Potrebbero apparire all'improvviso; rincorrerci e sbranarci! Oddiooo! No, No! Estella, io non ci andrei.» disse Margie afferrando la mano di Greta cercando istintivamente protezione.

Capitolo VI
IL COCKTAIL

VI

Il cocktail

La mattina dopo rimontai a cavallo scegliendo Tornado; Gino gli aveva montato la sella americana, perché mi disse che quel cavallo era più adatto per quel tipo di cavalcatura: a mazzetta. Qualche minuto al passo per scaldare l'animale e poi diversi giri del maneggio al trotto, e poco dopo provai di nuovo a lanciarlo in corsa, al galoppo. Ma fu un tentativo un po' maldestro perché sentivo che Tornado non rispondeva in modo sciolto, e il mio galoppare durò poco. Non mi trovavo bene con la sella americana; a me il galoppo veniva meglio con quella inglese, in quanto l'impostazione era maggiormente equilibrata e più facile da coordinare. Il sedere deve essere ben incollato alla sella e bisogna muovere il bacino accompagnando avanti in dietro, in modo naturale, i movimenti del cavallo. Questo, come ho già detto, mi riusciva tecnicamente meglio con la cavalcatura all'inglese. Tuttavia mi divertii ugualmente.

Con me quella mattina montarono a cavallo Estella e Margie; Greta non la vidi. Poi c'erano alcuni bambini, sia fuori che dentro al tondino, e due signori di una quarantina d'anni che parevano dei perfetti *cowboys*, in quanto li osservai cavalcare all'americana con un'invidiabile disinvoltura. Pensai che non c'è cosa che dia tanta sensazione di libertà quanto il cavalcare. Estella a guardarla, come sempre, ti offriva uno spettacolo di eleganza e di bravura che stupivano e la cosa che mi sorprese maggiormente fu che, per la prima volta, la vidi saltare ben due ostacoli consecutivi. Al centro dell'estesa area del maneggio stavano due steccati a guisa di ostacoli; lei, abituata già a cavalcare con praticità, prese la corsa dando avvio al galoppo, e con sicurezza e stile saltò, senza paura, i due steccati uno dopo l'altro. Con quel cap in testa, la giacca e i pantaloni da cavallerizza, la bella Estella aveva proprio l'aria di una perfetta amazzone. Dopo poco però Maria, che non smetteva mai di tenerla d'occhio, anche se da lontano perché era impegnata a seguire dei bambini, le intimò di finirla con i salti e di tornare al trotto. Ad un certo punto sentii gridare:

«Brava Estella, miticaaa...» Era la voce di Greta che era comparsa presso il recinto del maneggio e anche lei aveva ammirato la bravura della giovane amica. Mi accostai col mio cavallo al lato del recinto ove era Greta, per salutarla e per esternare anche io quanto mi era piaciuta la performance di Estella.

«Ciao Greta, hai visto eh? Brava davvero la nostra Estella!»

«Sì, già. Ciao Lorenzo.»

«Non cavalchi oggi?»

«Ah ah, no, mi fa male il culo. Mi dolgono le chiappe. Meglio un po' di riposo.» E rise divertita. Infatti dopo qualche giorno che si è cavalcato fanno male i glutei. Lo avevo provato anche io e a volte anche la schiena, soprattutto nella zona lombare. Dopo qualche istante si avvicinò Margie col suo destriero, arrestandosi presso la staccionata faticando un tantino a tenere fermo l'animale; cominciarono a parlottare fra loro, fra una risatina e l'altra e allora mi sentii un po' escluso e preferii fare qualche altro giro del maneggio al trotto, poi al passo per fare raffreddare il cavallo. Dopo di che mi risolsi ad uscire conducendo il mio Tornado verso il cancelletto d'uscita e così verso le stalle, ove trovai Gino che prese ad occuparsi del mio cavallo. Appena smontato di sella, mi ritrovai abbastanza sudato e puzzavo di stalla. Mi detersi la fronte con la mia bandana, dopo averle sciolto il nodo. Cominciava a fare molto caldo; il sole picchiava abbastanza forte sulla distesa di quella radura verdeggiante. I monti boscosi erano di un verde intenso e leggermente velati di foschia azzurrognola verso la cima. Fui colto da una forte sete e me ne andai a bere rinfrescandomi in camera. Intanto intorno al maneggio si stava formando un gran polverone: si era alzato un vento molto caldo. Feci una doccia veloce e mi cambiai; mi infilai un paio di pantaloni di jeans puliti, una camicia altrettanto di jeans, una nuova bandana annodata al collo di color azzurro intenso, pettinai i miei lunghi capelli nero corvino con non poca vanità, scarpe da tennis bianche, poi presi il mio cappello di paglia in stile western, me lo calai sul capo, e uscii nuovamente con la speranza che ci fossero ancora le mie fanciulle. Trovai soltanto Greta, la quale era appoggiata con la schiena al recinto del maneggio, dalla parte che guarda il bungalow, assorta forse in reconditi pensieri. I bei capelli biondi svolazzavano morbidamente mossi dal vento caldo del mezzogiorno, ricadendole sulle spalle e sul petto. Indossava un paio di shorts di jeans chiari, una T-shirt color beige con la scritta Air Free. Si era cambiata anche lei evidentemente; era splendida, ed ora ai miei occhi apparve ancor più bella delle altre volte: una fanciulla da togliere il fiato. Poggiava il sedere rivestito dagli shorts su uno dei tronchi inferiori del lungo recinto, mostrando le belle cosce distese, scoperte, lisce e seriche, indorate dal sole, tanto belle che veniva voglia di accarezzarle, di toccarle e di baciarle, o addirittura di sfiorarle con le labbra. Ancora peggio: le avrei leccate!

Tutta la sua figura mi parve di un'eleganza e di una "morbidezza" sorprendenti. Le braccia erano tese all'indietro con le mani appoggiate sul tronco su cui sedeva. Teneva la schiena dritta e il suo sguardo era perso lontano, con la testa leggermente rivolta verso le scuderie e l'espressione era vagamente accigliata, allorché questo me la rese tremendamente amabile e sexy! Non riuscii a staccare lo sguardo dalle sue cosce, e ne ammirai con voluttà la perfezione esaltata dalla postura; era perfetta in tutta la sua persona. Notai l'inguine evidenziarsi dentro a quegli stretti pantaloncini corti, che disegnavano in modo sublime la rotondità delle cosce. Quale stupenda e terribile sensazione provai! Un'ombra bruna percorreva dolcemente la sua carne dorata, scurendo una coscia da un lato e facendola brillare di contrasto dall'altro, per la luce forte del sole che l'accendeva. Presi coraggio e le dissi:

«Greta, sei bellissima!» Lei sorrise immediatamente ma non rispose, sospirò soltanto guardandomi per un attimo, e poi rivolse lo sguardo lontano.

«Come mi piacerebbe farti delle foto; saresti un soggetto alla David Hamilton, proprio come le sue fanciulle.»

«Chi è un fotografo?» mi rispose stringendo un poco gli occhi.

«Sì, uno dei miei preferiti.»

Attesi a riguardo una sua risposta di consenso, ma non venne. Quindi, col timore di essere insistente, feci cadere lì l'argomento. Prima o poi, in cuor mio, mi ripromisi di farle delle foto, e sarebbe stato superlativo anche scattargliele in biancheria intima. Dopo qualche istante si sentì Maria chiamare a voce alta per avvisare che il pranzo era ormai servito; Greta scese dal tronco del recinto, scivolando lentamente in avanti, e con uno scatto delle gambe, come per sciogliersi da un leggero intorpidimento, mi disse guardando verso la casa La Mandragora:

«Dai andiamo che ho fame.» Io, senza smettere di guardarla, puntando lo sguardo sugli shorts, in particolare sul fondo schiena, esclamai tra me e me: "Bella!" Mi accorsi che in quel mentre la cagna San Bernardo, Gaia, si era accostata a noi e ci stava seguendo. L'accarezzai sul testone con tenero affetto. Era fantastica con quell'occhio sinistro circondato da pelo bianco e il destro da pelo bruno. Poi ad un tratto vidi Franciuzzo spuntare da non so dove, correndo con le braccia penzolanti, e con respiro ansimante, raggiungere la pensione. Chissà, forse ci stava osservando di lontano, appostato da qualche parte... invidiandomi. Vidi anche quel monello di Michele che stava seduto scompostamente su una delle sedie davanti all'entrata. Aveva in mano una pesca e se la stava mangiando lentamente, facendo rumori con la bocca fra un morso e l'altro, imitando gli spari delle pistole.

I bambini quella mattina fecero un gran chiasso a pranzo e Maria dopo un po' dovette azzittirli. "Silenzio Giorgia, state composti ragazzi... basta Nicoletta, non si canta a tavola; Federico non tirare le molliche di pane a Rossella". E cose del genere.

Mentre si mangiava sentii dire da Estella:

«Allora, come ci vendichiamo su Franciuzzo?» Margie sorrise e fece una smorfietta, poi disse solo:

«Boh!»

«Come boh! E daiii, Margie, inventane una, aiutamiii! Fatti venire un'idea.» si affrettò a dire la bella Estella con voce lamentosa. Io che ascoltavo fui colto da una risata spontanea; mi sembrava così buffo questo tramare delle fanciulle nei riguardi di un povero ragazzotto goffo. Quel Franco intanto sedeva in fondo alla lunga panca, fra i bambini, ben lontano da noi. A lui non importava neppure origliare, per capire se le ragazzine stessero complottando qualcosa a suo danno. Lui si lasciava vivere: mangiava e pareva senza pensieri, sicuro di sé e forse della protezione di Maria e Gino. Ma seguiva tutto!

«Lo costringiamo a farci da cavallo e poi lo sproniamo al galoppo! Ah ah ah ah...» sopraggiunse Greta.

«Ma dai che cavolataaa, non ha senso.» rispose Estella dopo un lungo sorso di Coca Cola. Io intervenni senza farmi complice:

«Ragazze, così non la finirete più. Qualcuno dovrà pure cedere. Passateci sopra. C'è solo da rimetterci.»

«No no, oh Lorenzo, quel cretino mi ha spintonato gettandomi nel fiume, a rischio di spaccarmi la testa! E poi, gli zaini tutti fradici? Eh? No, merita ancora una bella lezione.» sentenziò Estella facendosi seria e spietata. Poi tacquero perché videro Maria e Céline avvicinarsi per posare alcuni vassoi di pietanze in tavola, vicino a loro. Margie intanto guardava di sottecchi quel povero Franciuzzo e poi rideva contagiando le amiche. Furtivamente ogni tanto le ragazze spiavano quello che stava facendo. Ma lui, senza scomporsi, continuava a ingurgitare ottimo cibo. Io potevo solo stare a guardare come si sarebbero svolti gli eventi; in fondo in fondo devo dire che la cosa mi divertiva.

«Quando ce lo troviamo al fiume lo prendiamo e lo gettiamo in quell'acqua gelida!» riattaccò Greta.

«No ragazze, siete pazze? Così poi gli fate male voi, e succede un casino!» dissi prontamente, seriamente preoccupato.

«Ma tu da che parte stai Lorenzo?» incalzò subito Estella.

«Con voi, con voi mie dolci amiche, è chiaro! Ma non potete...»

«Ha ragione...» intervenne Margie, non possiamo rischiare di combinare un guaio serio. Saremmo cacciate tutte dall'agriturismo e denunciate.» Seguì un certo silenzio di riflessione.

«Ok, allora che cazzo proponete?» si fece avanti Estella, rivelandosi questa volta una "principessina" un poco altezzosa e sboccata.

«Nulla!» mi azzardai a dire.

Estella mi fulminò con lo sguardo come una padrona che sgrida severamente il suo cagnolino. La fantasia di essere per lei il suo schiavetto, mi balenò lì al momento. Seguì altro silenzio... rotto solo dallo schiamazzo dei bambini. Greta improvvisamente si accostò all'orecchio di Estella e le bisbigliò qualcosa di sicuramente particolare, tanto che la ragazzina cominciò ad annuire sadicamente con gli occhi che le brillarono. Poi seguì una fragorosa risata – a dire il vero inopportuna – in quanto quel Franco, al di là della tavolata, probabilmente riuscì a sospettare qualcosa e ci guardò arrestandosi di colpo, cominciando a fissarci dirigendo uno sguardo torvo dalla nostra parte.

«Mi sa che Franciuzzo ha capito qualcosa... se fate così vi tirate la zappa nei piedi. Siete poco furbe!» dissi a bassa voce cercando di restare serio. Così le tre crudeli si acquietarono subito. Ma cosa mai aveva detto Greta all'orecchio di Estella? Cosa le aveva suggerito la sua fantasia da scaltra ninfetta? Diedi uno sguardo circospetto a Franciuzzo, e per fortuna notai che ora era tornato ad interessarsi esclusivamente al suo piatto.

Nel pomeriggio, d'accordo con le ragazze, scendemmo di nuovo al fiume. Faceva troppo caldo per andare a cavallo; era l'unica soluzione alettante. Ma c'era anche un altro motivo che le spinse al fiume: una di loro, Margie, disse che aveva sentito dire da Maria che Franciuzzo quel pomeriggio, sarebbe sceso a fare il bagno, quindi la donna si era raccomandata con lei di stargli alla larga – lei e le altre – e di non dargli affatto corda, evitando scontri con spiacevoli conseguenze. Aveva aggiunto: "Quello può diventare pericoloso, è manesco! Finisce che qualcuno si fa male. Mi raccomando...!" Riempii il mio zaino mettendoci dentro il telo, la borraccia con acqua fresca, il cambio, e indossai un costume blu. Portai con me anche qualche frutto per fare merenda. Scendemmo il sentiero tortuoso, che portava al fiume, verso le cinque del pomeriggio, dopo che ognuno ebbe riposato un po' in stanza. Le ragazze si erano ritirate nel bungalow subito dopo il pranzo e le sentii ridacchiare, mentre vi si dirigevano, ed erano visibilmente eccitate. Le raccomandazioni di Maria, dunque, non valsero un gran che!

Il fiume era un'oasi splendida e quanto mai perfetta per tonificare il corpo. Fra blocchi di pietra, e sassi, e rocce levigate dal tempo, spuntavano ammassi rigogliosi di fronde verde brillante, lungo tutto l'argine e lungo le sponde del corso d'acqua. Un'acqua limpida e fresca, di un colore verde chiaro, che scintillava sotto la luce splendente del sole, rimandando bagliori argentei fra i ciottoli. Era un paradiso! In fondo biancheggiavano strati di roccia sovrapposti e riammirai la cascatella che scendeva allegra e luccicante, sino ad acquietarsi nel laghetto che il fiume formava, in uno spazio dove l'acqua si increspava riflettendo le rocce soprastanti. Nuvolette bianche scivolavano lente in un cielo di un azzurro quasi accecante.

Di tanto in tanto qualche farfalla variopinta svolazzava attorno a noi col suo leggerissimo volo. Ci divertimmo molto; feci diversi tuffi nell'acqua gelata da togliere il respiro, ma mi ci abituai abbastanza presto. Altra gente, compresi diversi bambini, stavano godendosi il fiume, salendo sui massi non troppo alti e gettandosi coi piedi, e si sentivano urla di gioia e risate. Altra gente stava seduta a prendere il sole, sui massi piatti dove l'acqua non arrivava a lambire i ciottoli.

Le mie fanciulle si davano altrettanto da fare per spassarsela; vidi Estella con una T-shirt bianca, che dopo poco sfilò, scoprendo un costume nero intero, che le stava magnificamente. Il suo fisico asciutto da ninfa splendeva sotto il sole restituendomi un'immagine degna di una foto di Hamilton. Ammirai di nuovo i suoi capelli castano chiaro ricci, lunghi sin oltre le spalle; la frangina voluminosa e ricciuta, le adombrava il bel viso dai lineamenti aristocratici. Così pure Margie e Greta si facevano notare per quanto erano attraenti; il fisico di Margie decisamente più esile di quello di Greta. Loro invece erano in bikini. Alcune bambine facevano il bagno indossando un costume intero. Non potei fare a meno di guardare con una certa voluttà i sederi delle mie giovani amiche: sodi e rotondi come quelli delle ninfe greche, resi ancor più sodi dall'acqua gelata del fiume. La loro pelle bagnata splendeva al sole con lampi di luce riflessa. Sui massi si vedevano i coloratissimi teli da bagno che le ragazze e i bimbi lasciavano riscaldare al sole, per poi asciugarsi e stendersi non appena uscivano dall'acqua. In certi tratti l'acqua del fiume, che una lieve brezza increspava creando ondine dai riflessi verde azzurro, era bassa, e in altri invece si poteva benissimo nuotare ad ampie bracciate, perché si faceva subito profonda. Nei tratti d'acqua bassa si poteva sostare in piedi, immersi solo sino alle ginocchia a prendere il sole, godendosi una beata sensazione di frescura. Così facevano la maggior parte delle ragazze prima di tornare a tuffarsi.

Sino a quel momento di Franciuzzo neanche l'ombra, ma ad un tratto mi accorsi che Greta e Margie stavano indicando qualcosa o qualcuno, e presero a ridere parlando animatamente a vicenda; mi voltai verso dove stavano guardando, e allora vidi la figura goffa di Franciuzzo arrancare presso un masso. Vi salì con un po' di titubanza e vi si sedette restando a guardarsi attorno, senza ancora decidersi di entrare in acqua. Volsi lo sguardo sulle due ragazzine che continuavano a ridacchiare, tutte bagnate perché appena uscite dal bagno. Margie chiamò Estella animandosi, la quale stava proprio in quel momento camminando sui ciottoli percorsi dalla leggera corrente del fiume, e si avvicinò loro sorridente e visibilmente divertita. Era evidente che si erano accorte dell'arrivo di Franciuzzo e questo le aveva eccitate provocando in esse una particolare esaltazione. Sapevo che prima o poi sarebbe scoppiata una zuffa; ero quasi certo che quelle fanciulle avessero confabulato qualcosa ai danni di Franciuzzo per vendicarsi dell'ultimo dispetto che il ragazzino aveva recato loro. Mi alzai dalla mia postazione in cui ero seduto tranquillo ad asciugarmi, e mi diressi verso di loro che stavano ora bisbigliando frasi che non sentivo.

«Lorenzo hai visto? È arrivato Franciuzzo.» mi disse subito Margie sbirciandolo da lontano con la coda dell'occhio. Continuarono a ridacchiare.

«Sì ho notato, ma voi fate le brave ragazze. Non avrete mica l'intenzione di...» feci io cercando di rimanere serio, ma scappava da ridere anche a me.

«Di vendicarci? già!» asserì Estella con un sorrisetto maligno.

«Qui, davanti a tutti? Ragazze non fate cose di cui potreste pentirvi. Maria è stata chiara con Margie!» risposi guardandole una ad una negli occhi.

«Beh che fa? Tanto nessuno verrà a recriminare nulla.» intervenne ingenuamente Greta.

«Eh, lo dici tu. State attente birbanti. Ma che intenzioni avete? Posso saperlo?» Parlavo a loro con voce naturalmente bassa.

Franciuzzo in quel mentre si mosse e si decise di entrare in acqua con molta circospezione, bagnandosi prima i polsi e poi gettandosi qualche spruzzo addosso. Si muoveva impacciato e barcollando un poco su se stesso. Era evidente la sua indecisione, perché il fiume era freddo. D'improvviso si lasciò scivolare in acqua come un ranocchio e lo sentii esclamare: "Non ci voleva. Troppo fredda!" Nuotava muovendo le braccia grassocce disordinatamente, alzando copiosi spruzzi.

«Se ci prometti di stare zitto e di non protestare, ti diciamo quale sorpresina abbiamo preparato per quel rammollito.» disse Estella.

«Ok, ok...»

«Va bene, ti spiego: al momento giusto gli facciamo un bel gavettone e così si sputtana davanti a tutti i bagnanti, e poi lo prendiamo di forza e lo gettiamo in acqua.» continuò Estella tutta soddisfatta. Proprio in quel momento vedemmo Franciuzzo risalire dall'acqua dandoci un'occhiata furtiva, con un'espressione piuttosto seria e accigliata. Fu scosso da un brivido di freddo e agitava tutto il corpo, tenendo buffamente le braccia penzolanti. Le fanciulle ridevano senza smettere.

«Capito; ma non fategli male, non siate materiali ragazze.» mi raccomandai, mentre osservavo gli scatti dei loro bei corpi sensuali. Non mi rimase che attendere il momento dell'agguato, questa volta alquanto preoccupato che uno di loro si facesse male, come Maria ebbe premura di avvertirle.

«Io però non voglio centrarci, non chiedetemi di darvi una mano.» ripresi sempre a voce bassa, accostandomi a loro, e le mie narici si inebriarono del loro selvatico profumo.

«Tranquillo Lorenzo, è affar nostro. Dopotutto è a noi che ha fatto i dispetti. Estella deve vendicarsi per lo spintone in acqua subìto, ed io da quello schifo di gavettone di piscio che quel porco demente mi tirò la volta scorsa.» sentenziò Greta a denti stretti.

Ormai avevo compreso che nulla le avrebbe dissuase dal mettere in atto la loro vendetta. Erano determinate ad agire! Detto questo le tre ninfette si mossero e andarono a dirigersi – con mia gran sorpresa – verso Franco e appena raggiuntolo, si sistemarono in piedi davanti a lui, ben ritte sulla schiena a gambe tese e con le braccia sui fianchi. Parevano tre amazzoni guerriere, e notai quanto i loro slip ancora bagnati, aderenti al sedere, disegnassero in modo perfetto e sensuale le belle natiche. Specie quelle di Greta, la quale – a mio parere – aveva il culo più bello. Ora erano lì davanti a lui e lo squadravano dall'alto in basso, con un sorrisino beffardo e di sfida stampato sulle bocche umide; il povero Franciuzzo, colto di sorpresa, non seppe che dire e che fare, perciò si limitò ad osservarle serio e preoccupato, senza capire che intenzioni avessero e il motivo di quel loro appressarsi.

Osservai la scena da qualche metro di distanza assai divertito, ma poi quatto quatto mi avvicinai spostandomi sui ciottoli chiari e cercai comunque di rimanere quieto e disinvolto.

«Vieni a fare il bagno con noi Franciuzzo?» gli chiese Greta piegando il capo leggermente da una parte dopo un lieve scatto del corpo. Franciuzzo la guardò attonito e dopo qualche secondo di silenzio disse con voce balbettante:

«Non ci penso nemmeno, l'acqua è troppo fredda.»

«Ah è fredda eh...?» fece di rimando Estella, con un'espressione da monella che la rese sicuramente temibile agli occhi di quel tonto di Franco. Almeno lo paventai.

«Dai, si sta così bene. È fresca e tonificante.» intervenne Margie facendosi però scappare una risatina.

«No grazie, ho già fatto il bagno.» rispose Franciuzzo gettando furtivamente lo sguardo sulle belle cosce abbronzate di Greta, che gli stava di fronte e che pareva dominarlo. Il ragazzo in quel mentre cercò di alzarsi da sedere in modo goffo, poggiò una mano sul sasso e sbuffando provò a muoversi agilmente. Ma non fece una gran bella figura. Estella a quel punto mi stupì; restando ritta, alzò la gamba destra e col piede respinse Franciuzzo in terra, con un atteggiamento da perfetta padrona. Disse con voce sensualmente roca:

«No, ora stai giù, dopo penseremo al tuffo che ti faremo fare. Ora ci dici perché mi hai spinto dal masso, rischiando di spezzarmi l'osso del collo, demente ciccione!»

«Forza, chiedi scusa!» gli intimò seria Greta chinandosi verso di lui e dandogli uno scappellotto.

«Stronzetta, non provarci più!» protestò lui.

«Ehi scemooo, se lo dici ancora ti facciamo leccare i sassi!» si introdusse Margie facendosi cattivissima. Seguì un attimo di silenzio imbarazzante. E dopo un istante di inerzia totale, Franciuzzo non ebbe altro scampo che astenersi dal rispondere, cercò di alzarsi in piedi velocemente, cogliendole di sorpresa. In parte ci riuscì: barcollò, soffiò respirando ansimante, strattonò e si fece largo a spintoni. Finalmente riuscì a portarsi in posizione eretta. Margie fu svelta e con un po' di fortuna ce la fece a tenerlo per un braccio. Ora furono le ragazzine a spintonarlo e lui come un sacco traballante, passò a rimbalzare da una all'altra delle sue tormentatrici. Stavo per intervenire in difesa di quel povero Franco quando lo vidi scattare agilmente – cosa che non mi sarei mai aspettato – e portarsi a gambe levate verso il fiume, con le braccia che si agitavano sopra la testa. Greta era inferocita, mi disse urlando:

«Quel zozzo vigliacco mi ha lanciato uno sputo, guarda, cazzo... mi ha colpito nel braccio! Ma fa schifo!» E me lo indicò. Gli corsero dietro come forsennate e io non feci a meno di osservare compiaciuto i loro fondo schiena sobbalzare leggermente, nella affannata corsa. In riva al fiume ora spruzzi e fragore di acqua a tutto andare. La gente sembrava non preoccuparsi tanto di ciò che stava accadendo, e mi parve che non si accorse di nulla, perché di baccano, attorno a noi, ce n'era altrettanto, se pur di origine diversa. Scorsi Estella montare sulle spalle di Franciuzzo che arrancava in acqua e cercava di tenerlo sotto, fra nugoli di schizzi. I sederi delle ninfette erano nuovamente lucidi d'acqua e sole. Sentii la vocina di Franco urlare parolacce spezzate. I loro corpi inondati d'acqua, tuttavia scivolavano alle rispettive prese, e quindi nessuno riusciva a bloccare l'altro. Notai Margie uscire dall'acqua e correre verso uno dei loro zaini e prendere qualcosa che lì al momento non riuscii a capire cosa. Greta afferrò quel povero Franciuzzo per i capelli e gli colò una razione di saliva sulla guancia. Allorché il ragazzetto – per nulla deliziato – cacciò di nuovo la testa in acqua istintivamente, per sciacquarsi. Intanto continuavano a tenerlo sotto pressione. Quando Margie raggiunse il gruppo passò l'oggetto velocemente a Greta la quale lo afferrò con immensa soddisfazione e fu in quel mentre che con grande stupore, mi avvidi che era un gavettone color bianco con dentro un liquido paglierino, tremulo e molle nelle mani della spietata Greta. L'ormai esausto Franco si aggrappava senza speranza ai corpi delle ragazze, involontariamente o volontariamente (non si sa), vidi che con una mano strinse uno dei glutei di Estella, la quale cacciò un urlo che si perse nel chiasso circostante, ma che riuscii comunque ad intendere: "Cosa palpi maiale, sei un porcooo!"

Fu in quell'istante che Margie disse:

«Coraggio Greta, vendicati come si deve!» e lei non se lo fece ripetere: con forza schiacciò il gavettone nella testa già bagnata di Franciuzzo che, a ragion del liquido colatogli addosso, divenne di color paglierino.

«Beccati la nostra piscia e buon pro' ti faccia!!!» udii Greta proferire con un ghigno di soddisfazione. Le sentii ridere tutte e tre le aguzzine e urlare trionfanti, mentre quel poveretto, con una pietosa smorfia di disgusto, lanciò un lamento mugugnante, e poi, finalmente libero, si immerse precipitoso dentro l'acqua per ripulirsi da quella broda tiepida. Ecco cosa avevano confabulato a tavola quelle piccole spregiudicate diavolesse! punire Franciuzzo con la stessa offesa che lui recò loro; occhio per occhio, dente per dente, quindi: il gavettone di *piscio*!

«Ragazze, voi siete davvero matte, tremende!» esclamai sorridendo ma nello stesso tempo ero sconvolto.

«Se la meritava una bella lezione quel pervertito.» fece Greta con aria innocente.

«Ah! Scusa se..., ma si può sapere di chi... era l'urina...?» domandai dopo poco, forse arrossendo anche.

«Ah ah ah...» rise la ninfa e poi, con maliziosa crudeltà continuò:

«Un bel *cocktail* caro... di tutte e tre!»

Franciuzzo rimase in acqua rintronato e visibilmente allibito, e continuò per un bel po' ad immergersi e a sciacquarsi freneticamente, senza però reagire a quell'inaspettato quanto efferato assalto.

Capitolo VII

NOTTE DI SEGNALI

VII

Notte di segnali

Verso sera con ogni probabilità quel Franciuzzo si era andato a nascondere, o in camera sua o chissà in quale altra parte; comunque non lo si vide per nulla, neppure a cena. Poveretto, sicuramente era arrabbiato e umiliato, anche per questo forse non aveva il coraggio di farsi vedere. Anche questa volta egli tacque tutto a Maria, credetti tuttavia che stesse rimuginando una sua speciale contro vendetta. "Eh beh, cavoli, però se continuano così ad oltranza, non la finiranno più", pensai riflettendoci seriamente. Le mie tre ragazze si comportarono tranquille, come se nulla fosse successo, con una faccia da impunite che le faceva sembrare ai miei occhi delle autentiche spietate *bad girls*. Avevano avuto ciò che volevano, mettendo in atto la loro impavida e crudele rivincita.

Passa gente strana a volte a La Mandragora. Quella sera arrivò una donna oltre la cinquantina, sentii dire da Napoli, assai istrionica e molto invadente su certi aspetti. Venni subito a sapere che questa donna bizzarra, di nome Adele, era stata alcolizzata e pure in manicomio. Anche per questo motivo mi incuteva una certa soggezione, a volte persino un barlume di paura. Vidi immediatamente che i suoi comportamenti non erano affatto normali, perché si muoveva e parlava come stesse su un palco di un teatro, in scena a recitare una commedia tragica. Ti guardava con occhi nerissimi dall'espressione non troppo buona, direi arcigna, e si percepiva che nell'animo aveva un antico dolore misto a rabbia repressa, tipico di quelle persone che hanno avuto solo delusioni, dispetti e soprusi dalla vita. Non seppi come mai capitò lì presso l'agriturismo La

Mandragora. Aveva gli occhi truccati pesantemente, di nero e viola, e una bocca pittata di un rossetto volgarmente vivace, d'un rosso forte e che le stava sbavato lungo i bordi delle labbra un tantino increspate. Le mancavano alcuni denti anteriori. I capelli erano d'un colore platino opaco, cotonati all'insù. Vestiva alla pari di una nomade da circo, con gonna lunga alla tzigana a più colori, e una giacca consunta color melanzana. Tutto il suo aspetto era trasandato, per nulla curato e pareva proprio una sbandata. Certo, non faceva del male a nessuno e senz'altro cercava solo un po' di compagnia, ma nonostante questo, io non riuscii – per quel poco tempo che la vidi – a sentirmi a mio agio quando me la ritrovavo vicino. Era anche parecchio logorroica e aveva una voce rauca e lagnosa. Diceva di essere una poetessa e affermava di aver letto impegnativi libri di filosofia. Tutto in lei era ostentato, caricato, portato all'eccesso. Sicuramente, nella sua follia, si era creata un personaggio istrionico e drammatico di se stessa. Ricordo che a starle accanto si percepiva un odore di alcool; sicuramente beveva ancora. Quella povera disgraziata, fu come una vera stonatura in mezzo all'idilliaco ambiente che mi stavo godendo. Si era infilata dentro alla stanza principale, presso al bar, e in piedi vicino al grosso tavolo in legno, si mise a voce alta davanti agli astanti (c'erano alcuni bambini anche, accorsi incuriositi), ad inscenare una pantomima della sua disgraziata vita enunciando, di tanto in tanto, le sue strampalate poesie che erano, ad ascoltarle con attenzione, anche non prive di un certo messaggio originale. Occorreva però fare un certo sforzo per ricavarne qualcosa di veramente artistico. Terminata la sceneggiata, fra lo sconcerto e le risa della gente, tornava a lamentarsi quasi piagnucolando e siccome alcuni signori si erano messi a ridere della grossa, quella donna si indispettì lanciando parolacce a tutto andare e anche improperi e non solo, persino anatemi. Di conseguenza ebbi davvero paura e mi astenni sempre dal contraddirla. Ricordo che ad un certo punto, ella mi guardò negli occhi, non senza farmi sussultare. Mi fissava seria e meditabonda, e disse puntandomi l'indice contro:

«Tu sei un nobile, ed anche un artista!» Io rimasi attonito, senza capacitarmi di come fosse riuscita a leggermi dentro. Risposi che in effetti discendevo da una antica famiglia nobile e che ero anche pittore. Le chiesi garbatamente come facesse a sapere tutto questo. Lei mi rispose con voce grave:

«Lo vedo dagli occhi e dal portamento!» Non aggiunse altro e si voltò con un sorrisino compiaciuto, lasciandomi pensieroso ed interdetto. Poi parve che andò d'un tratto abbastanza fuori di testa, perché uscì all'aperto, a braccia alzate, cominciando a ballare, attaccando una nenia lamentosa. Così facendo agitava mollemente le braccia tese verso il cielo vespertino facendo roteare la testa come una tarantolata. Maria e Gino sorridevano e dicevano, visibilmente imbarazzati:

«Si calmi Adele, ci sono dei bambini, si acquieti altrimenti potrebbero spaventarsi; vuole qualcosa da bere? ...» Devo dire che la sua presenza, che durò sino al primo mattino del giorno dopo (e non seppi mai dove l'avessero messa a dormire, e manco lo volli sapere), mi mise un certo disagio. Ricordo che ad un certo punto iniziò a lamentarsi che voleva andare al campeggio e che desiderava che qualcuno gliela accompagnasse. Di quale campeggio parlasse lo ignoravo. Andava da una persona scelta a caso e gli diceva con voce lamentosa e roca:

«Portami al campeggio, portami al campeggio, per carità, ci devo andare, io devo...!» Poveretta, a guardarla, in verità, mi fece anche una reale pena. Le mie tre giovani amiche, per grazia loro, non furono presenti quella sera all'apparire di Adele; credo fossero andate in paese e vi rimasero sino al momento della cena e quando tornarono, quella bizzarra donna non c'era più. Glielo dovetti raccontare io, poco dopo. Maria mi disse che la donna aveva preso la strada che porta in paese, da sola, sparendo da qualche parte. Poi, il giorno dopo seppi che verso notte, era tornata a La Mandragora per dormire. Maria inoltre mi rivelò che si era alzata prestissimo, all'alba, per poi sparire misteriosamente da qualche parte, prendendo chissà quale via o sentiero. Come era venuta, se ne andò senza più tornare.

Quando si fece sera inoltrata, dimenticai quella curiosa donna (che Dio l'accompagnasse), e mi rividi con Greta e con Margie, poco dopo cena. Estella rimase a giocare a carte con un gruppo di bambini chiassosi, dentro la sala del bar. Stavo accarezzando Argo, dal muso allungato e dal pelo fulvo e morbido, nello sterrato, fuori dalla pensione La Mandragora. Si avvicinarono le due fanciulle, chinandosi subito su Argo, elargendogli affettuose carezze.

«Che bel cane!» esclamai sorridendo, e loro annuirono contemporaneamente. Qualche istante dopo apparve pure Gaia, la quale, gelosa delle carezze che davamo a Argo, ne pretese altrettante. Argomentammo del più e del meno e poi si nominò nuovamente Franciuzzo, che continuava a non farsi vedere, tenendosi a debita distanza da noi, soprattutto dalle ragazze. Margie ammise che forse avevano esagerato, e per un attimo vidi un lieve barlume di pentimento velarle l'espressione, ma poi ripensando alla scena di quel momento, tornò a ridere divertita e Greta, che invece esprimeva piena soddisfazione, ribadì la sua convinzione di aver agito come si doveva in quanto lei stessa fu vittima del medesimo scherzo un anno prima.

«Se l'è meritata la lezione, quell'idiota!» disse Greta senza incertezze. Mi dissero che ci fu un anno in cui Franciuzzo (l'ho già accennato all'inizio di questo racconto), prese a spiarle, e non le lasciava mai in pace, neanche quando erano nel bungalow, violando la loro intimità. Si metteva nascosto a guardare, sbirciando dalle finestre o cercando addirittura di entrare. A volte erano vestite o in costume, ma altre volte si trovavano in mutande e chiaramente quel guardone di Franciuzzo ne approfittava.

Calò presto il buio e il cielo su La Mandragora si imperlò di stelle lucenti e tremule, mentre, fra nuvole scure dai bordi argentati, faceva capolino una luna quasi piena, che spargeva fasci di luce lattiginosi lungo tutta la radura e la strada sterrata biancheggiava con riflessi madreperlacei. Ogni tanto, in lontananza, si sentiva l'abbaiare di qualche cane o il verso indefinibile di qualche animale notturno nascosto chissà dove. Il frinire delle cicale (o dei grilli?) accompagnava lo scenario silvestre, come fosse un canto rituale sospeso ad omaggiare la notte.

«Come si dorme nel bungalow, ho visto che dentro è molto accogliente. Voi state bene lì ragazze?!» mi venne spontaneamente da chiedere in un momento che Greta distrattamente guardò in quella direzione.

«Certo, lì stiamo che è una meraviglia! E tu nella tua stanzetta come ti trovi Lorenzo?» rispose lei, facendo un cenno col capo in direzione della zona in cui si trovava la finestrella della mia stanza, nella bassa muratura in pietra con tettoia. Come già detto, tutta la costruzione della casa era in pietra, con le finestre e le ante in legno chiaro.

«Oh benissimo, certo.» risposi sorridendo.

«Se vuoi possiamo provare a venire da te stanotte.» se ne uscì inaspettatamente Margie facendomi restare letteralmente di stucco. Non credetti alle mie orecchie!

«Dici sul serio?» le chiesi con un'espressione sicuramente sorpresa ma deliziata. Si guardarono negli occhi con fare complice e malizioso.

«Dai, sì, mi sembra un'idea divertente.» fece Greta annuendo col capo e spalancando gli occhi. Continuavo a credere di sognare. Cercai di trattenere il mio stupore e di restare normale, senza mostrare troppa gioia, ma solo un certo compiaciuto divertimento, ben disposto ad accettare.

«E come farete?» chiesi di rimando.

«Beh, sgattaioleremo pian piano, cercando di non farci scorgere, nel buio, dal bungalow sino alla casa; strisciando come gatte lungo il terrapieno erboso.» disse Greta come se l'impresa fosse uno scherzo da nulla.

«Ah, certo, ma usciremo dal bungalow solo dopo esserci fatti un segnale con le torce. D'accordo? Dunque vediamo...» riprese Margie pensando, con una leggera smorfia, arricciando la bocca. Sorrise e continuò: «...Vediamo, al terzo segnale luminoso vorrà dire che ci staremo apprestando ad uscire, e tu ci risponderai con altrettanti segnali con la tua torcia, per farci capire che hai inteso. Come l'altra volta dai, quando ci siamo divertiti a mandarci segnali con la luce!»

«Bello, sì... è perfetto!» esclamò Greta visibilmente contenta. Io le ascoltavo ancora incredulo, mentre una strana felicità mi stava invadendo l'animo. Tutto mi parve così meraviglioso!

«Bene bene, sì, magnifico!» esultai senza troppo scompormi. Non sapevo che altro dire.

«Allora facciamo così? Però dobbiamo stare attente, se ci scoprono siamo nei guai. Dobbiamo essere certe che Maria e Gino, o chicchessia, siano tutti dentro alle stanze... insomma, sì, che tutti siano a letto. Dovremo fare molto silenzio. Cerca di sbirciare dalla tua finestra ogni tanto, per non perdere i nostri segnali. Non ti addormentare. Ah ah!» disse Greta terminando con una breve risata, parlando ora a voce più bassa.

«Oh Lorenzo... mi raccomando però, dopo che hai risposto al nostro segnale, in seguito a pochi minuti, apri lentamente la finestra, tieniti pronto, per permetterci d'entrare; ci infileremo una alla volta. Ok? Cercheremo di introducci nel modo meno rumoroso possibile. Dovremo farcela.» Margie concluse con un sorriso raggiante. Pensai: "Ma tutto questo lo avevano già premeditato prima? E quando?" Sapevo che potevo, a quel tempo, avere un certo ascendente sul sesso femminile. Sapevo di essere un bel ragazzo: moro, coi capelli lunghi fin sulle spalle, mossi, e avevo la carnagione abbronzata. Portavo occhiali tondi con montatura in celluloide nera, alla Harry Potter. Ero abbastanza alto e con un fisico asciutto. Quindi, non era poi così improbabile che due fanciulle potessero tentare su di me, qualche particolare approccio.

«Oh certo ragazze, non me lo farò ripetere due volte! Contateci, mie dolci fanciulle, contateci... quanto sono veri questo cielo stellato e questa magica luna, sopra di noi!» dissi con enfasi; avevo il petto ricolmo di gioia repressa. Risero entrambe assai compiaciute del mio entusiasmo, e credo che lessero in me anche una evidente – se pur forzatamente celata – eccitazione. D'altronde non poteva essere altrimenti: due giovani e belle ragazze mi avevano deliberatamente espresso l'intenzione di una loro imminente visita notturna nella mia stanza. Sperai con tutto me stesso, emozionato, che la missione andasse in porto senza problemi di sorta. Ma cosa mai avevano in mente quelle due deliziose ninfe, quelle delicate e dolci fanciulle, ridenti e spensierate, ma capaci anche di trasformarsi in un attimo in irriducibili aguzzine? Una volta entrate in camera mia, passando per la finestrella quadrata, cosa sarebbe successo? Come sarebbero andate le cose quella notte, con due avvenenti ragazze in camera? Si sarebbero distese nel letto? Avremmo giocato, fatto giochi erotici... fatto l'amore? Sarei stato così fortunato, tanto privilegiato da provare le delizie inenarrabili di un rapporto a tre con due femmine? In quel momento i miei pensieri vagheggiavano nel deliquio di immaginazioni erotiche eccitanti, lanciando verso il disco lucente e vibrante della luna, sospesa come un amuleto ben augurante, taciti ringraziamenti per tanto inaspettato e stupefacente destino. Già, la luna! Feci presente alle mie giovani amazzoni, che la luce della luna non le avrebbe occultate abbastanza quella notte, che non le avrebbe certo favorite. Dunque di stare ben attente! Loro mi diedero ragione, ma vollero provare lo stesso, essendo quasi certe che ad ora tarda, nessuno poteva accorgersi che stavano fuori e che furtivamente avanzavano verso la mia finestra. Mi stupì questa loro temerarietà. Ero fremente, e dunque attendevo quel momento con non poca ansia e trepidazione. In un istante ebbi timore che fosse tutto uno scherzo, ma ricacciai subito dalla mente quel cupo pensiero.

«Estella?» chiesi improvvisamente, ricordandomi di lei. «Estella che farà?» ripresi dopo una pausa generale.

«Eh eh, non sperare che venga. Lei, la "principessina", non è fatta per queste cose, per certi sollazzi e trasgressioni. Estella la notte vuole solo starsene in pace a dormire. In fondo si sa, è una borghesuccia.» rispose Margie ironicamente.

«Ah, capisco.» dissi annuendo. Due fanciulle per me era già troppa grazia; pretenderne tre era forse eccessivo, effettivamente!

«Dirò ad Estella di tenere la bocca chiusa naturalmente. Ma vedrai, se veniamo da te, non avrà nulla in contrario.» concluse Greta.

Ci salutammo perché andarono proprio a chiamare Estella, e dopo poco le vidi tutte e tre dirigersi verso il bungalow. Fissai la loro camminata agile e saltellante. Che belle che erano! Guardai per un po' la luce accesa della loro finestrella e le pensai, cercando di intuire cosa si stessero dicendo ora, fra loro. Rimasi un altro poco, da solo, a rimirar le stelle e quella fantastica luna, con animo

in trepidazione, in attesa del fatidico momento. Non vedevo l'ora che arrivasse, per vedere cosa erano capaci di fare quelle due. Quali delizie quella notte mi attendevano? Impaziente me ne andai in camera e attesi che il tempo passasse in fretta e che arrivasse il momento dei tanto sospirati segnali. Mi spogliai e mi infilai il pigiama estivo; spensi subito la luce e restai disteso nel letto ad occhi chiusi, respirando lentamente, per calmare quel tremore emozionato che mi colse all'improvviso. Poi mi alzai e mi diressi verso la finestra, aprendola lievemente senza far rumore, come se stessi facendo qualcosa di clandestino. Guardai in direzione del bungalow. C'era ancora la luce accesa nella stanza delle mie fanciulle; sentivo i grilli cantare e l'aria fresca della notte che mi sorprese, profumava di natura silvestre e selvaggia. Fortuitamente un largo ammasso di nuvole, proprio in quel mentre, aveva coperto il disco lunare, così si fece più buio tutt'attorno e fui grato al cielo. Immaginai la foresta lontana e scura, profonda e minacciosa; fantasticai sulle lucciole come magiche fate notturne, divagai sulla notte, sulla luna ora nascosta e sulle stelle... sui sentieri e sulle radure odorose. Tutto sentivo farsi complice di noi, che stavamo per vivere un attimo intenso ed irripetibile della nostra vita d'allora. Sedai la mia eccitazione, inebriandomi le narici di quell'intenso e sensuale profumo che esalava dalla natura semi addormentata. Tornai disteso sul letto e poi nuovamente a sbirciare dalla mia finestra, per capire cosa stesse accadendo.

Poi finalmente! finalmente la luce della loro finestra si spense e il bungalow divenne una sagoma scura nella notte. Aprii maggiormente l'anta della mia finestrella quadrata e lì vi restai a lungo, mi parve, come sospeso in un tempo che mi strappava alla notte e ad ogni comprensione. Ora ero in trepidante attesa di un segnale: quello delle luci delle loro torce. Silenzio, rotto solo dal canto delle cicale e dei grilli. Il buio, la notte, ed io solo coi miei turbinosi pensieri. Ma ecco, d'improvviso, una luce intermittente accendersi, proveniente dalla direzione del bungalow. Una, due, tre volte; poi pausa, oscurità..., e poi ancora una, due tre luci lanciatemi come segnale.

Allorché sorrisi allegramente e risposi facendo altrettanto con la mia torcia elettrica. Era fatta, le mie due ninfe di lì a poco sarebbero arrivate da me! Pregai l'intero universo che tutto andasse liscio. Rimasi con il respiro sospeso per l'emozione. Mi parve di scorgerle ora, come sagome scure e indefinite, avvicinarsi pian piano, accorte, silenziose, alla maniera di due soldatesse che strisciano in terra avanzando nell'assalto.

La luna intanto stava riemergendo dalle nuvole che poco prima si erano formate, e che adesso stavano spostandosi, lasciando di nuovo libero un bel pezzo di manto stellato. Non importava, oramai c'eravamo! Le vedevo avvicinarsi furtive come spettri nella notte.

La mia felicità stava per raggiungere il culmine quando... quando d'improvviso, inaspettatamente, un fragoroso abbaiar di cani si levò alto nella notte.

«I cani! Cazzo nooo, i due cani: Gaia e Argo!» esclamai con una rabbiosa delusione. Quelle due magnifiche bestiole, quella notte ci tradirono. Avevano fatto il loro lavoro di guardie notturne; perché non averci pensato prima? Gaia e Argo erano i cani da guardia a La Mandragora! Vidi le loro sagome, mentre continuavo a sentire quel dannato abbaiare, e riconobbi anche quelle scure di Greta e Margie che se la correvano verso il bungalow, spaventate e sicuramente incredule. E Maria, con la torcia in mano, era d'improvviso uscita dalla casa, e cominciò ad urlare:

«Chi c'è? Ragazzeee, che state combinandooo? Dentro a dormire capito?! Tornate dentro, vi ho visto bambine, non fate le stupidine!» Così, senza più speranza, fallì quel piano straordinario e caddero i miei sogni, le mie fantasie e le mie aspettative di piaceri e delizie. Dannazione! Tutto precipitò nella più triste e deludente farsa per il fiuto dei due cani sentinella. Mi apprestai a chiudere la finestra con molta amarezza e dispiacere, ma poi sorrisi e scoppiai anche a ridere; sì, risi quasi istericamente, gettandomi di peso sul letto, sempre al buio, con un misto di sconcerto rabbia e divertimento. Tutto adesso mi pareva così buffo e illogico. Anche se i cani ci avevano rovinato la festa, tuttavia ricordai quella notte con nostalgia e con mirabile senso di beatitudine.

Il ricordo dell'emozione che provai al momento, nell'attesa spasmodica che arrivassero da me quelle due belle fanciulle, le quali deliberatamente si erano offerte a quel gioco sensuale in modo così inatteso, divenne in seguito la mia unica consolazione.

Il rimpianto di non aver potuto vivere quell'esperienza giovanile tanto desiderata tuttavia rimase, ma quell'afflato di gioia e di trepidante attesa, quasi un'agonia, non li ho scordati e mi fecero comunque compagnia per lunghi anni.

Capitolo VIII
NATURA

VIII

Natura

La mattina dopo, sulle nove ero già in sella. Maria, a colazione, ci aveva annunciato che chi desiderava andare in escursione in passeggiata a cavallo, poteva dirlo. Gino ci avrebbe sellato i cavalli di lì a poco. Fu un'occasione che non mi feci scappare. Naturalmente Maria sarebbe venuta con noi come guida. Era la prima volta che andavo in passeggiata ed ero abbastanza emozionato. Non eravamo in molti, solo cinque, compresa Maria. Con me vennero: Greta, Estella, e un signore di nome Ermanno il quale, per essere un principiante quanto me, se la cavava bene e aveva una cavalcatura disinvolta. Lo avevo visto altre volte cavalcare e mi era piaciuto. Lui era arrivato da tre giorni a La Mandragora, con la moglie e il figlioletto di dieci anni. Margie non se la sentì perché quel giorno era indisposta. A me fu dato il bel cavallo Carlitos, un esemplare robusto e fra i più alti, in quanto a stazza. Lo cavalcavo con la sella inglese, come Estella e Maria, mentre Greta e il signor Ermanno montarono la sella americana. Dopo un po' di riscaldamento dentro al recinto; quando fummo tutti pronti, Maria ci guidò al passo verso il fondo dell'esteso maneggio, dove, anche da quel lato, il recinto si interrompeva con un cancelletto che permetteva l'uscita. In pratica uscimmo dal lato oltre il tondino, ove si vedevano i monti rocciosi, coperti di abetaie sovrastare la radura, e dove si andava verso i sentieri. Invece, il sentiero dove vedemmo le lucciole, stava in fondo a sinistra, subito dopo le scuderie. Appena fuori dal maneggio, seguendo Maria in fila indiana al passo, prendemmo un percorso un po' impervio abbastanza scosceso, con continue curve e assai stretto. Questo sentiero parte dal cosiddetto Ponte Antico e arriva sino al fiume, per poi ricominciare. Dopo poco infatti arrivammo al vecchio ponte in pietra e proseguimmo inoltrandoci oltre. In alcuni tratti trovammo una folta vegetazione con rami piuttosto lunghi e bassi che invadevano il sentiero, così che mi ritrovai a stare più volte col capo abbassato per non prenderli in testa. Intanto il mio Carlitos si stava comportando bene, sentivo che riuscivo a condurlo senza difficoltà. Lo sterrato saliva e riscendeva, e sentivo gli zoccoli dei cavalli schioccare sui ciottoli e le pietre. V'erano diverse curve in salita da affrontare, con tratti che da larghi, improvvisamente si facevano stretti; alla mia sinistra avevo le rocce, mentre alla mia destra alberi e folta vegetazione che coprivano un dirupo non certo rassicurante. Sentivo le narici riempirsi dell'odore del bosco, quindi di un antico aroma di resina, con una leggera fragranza nell'aria di muffe, humus, e funghi. Il terriccio, formato da pietrisco, era cosparso di muschio, foglie secche e radici; esalava effluvi odorosi intensi e inebrianti. Sentivamo, provenire di lontano, il dolce rumore dello scrosciare del fiume poco distante da noi, e che presto avremmo raggiunto. Inoltre, ancor più persistente, mi colpiva l'ormai familiare odore di cavallo, di cuoio, del sudore acre e pungente emanare dal manto equino. Mentre si procedeva con cautela, sempre tutti in fila dietro a Maria, ci deliziavano il canto sottile degli uccellini nascosti nelle fronde degli alti alberi dal tronco scuro e dai riflessi violetti. Qualche insetto importuno, soprattutto quegli insopportabili tafani, disturbavano la nostra cavalcatura; più volte cercai di cacciarli via da me agitando un braccio, stando attento però a non perdere le redini. Guardando alla mia destra, ogni tanto sbirciavo il burrone con un certo timore, ma Maria ci disse saggiamente:

«State ben certi che il cavallo sa dove andare e non vi porterà mai pericolosamente verso il dirupo. Voi ora, mantenendo il trotto, dovete solo farvi condurre dal vostro cavallo, che sa dove mettere gli zoccoli...» Questo mi tranquillizzò. Ogni tanto accarezzavo il collo di Carlitos, chinandomi leggermente in avanti. Io stavo subito dietro a Maria, poi seguiva Greta, dietro di lei il signor Ermanno e per ultima Estella. Estella cavalcava con una tranquillità ed una sicurezza che non potei non ammirare. La ragazzina disse con voce leggermente cantilenante:

«Quando si va al galoppo? Il mio cavallo sento che non vede l'ora di lanciarsi.»

«Oddio Estella...» dissi di rimando senza voltarmi ma continuando a guardare avanti: «Io adesso non avrei proprio voglia di mandarlo al galoppo, visto in quale percorso ci troviamo.»

«Ragazzi, presto dovremmo raggiungere una radura erbosa, se non sbaglio, e allora potremo provare il galoppo.» aggiunse il signor Ermanno sorridendo. Il sole filtrava attraverso le fronde degli alberi, decorando i nostri corpi con brillanti arabeschi di luce. Faceva caldo ma una brezza lieve, ogni tanto, ci accarezzava, e le foglie vibravano tremule lanciando brevi lampi d'un verde argenteo. Parlavamo poco per concentrarci meglio sulla nostra andatura; quella passeggiata stava coinvolgendo a pieno tutti i nostri sensi e la nostra mente. Proseguivamo rimanendo in fila indiana al trotto, ma all'improvviso il cavallo di Greta si fermò e fu in quel momento che sentimmo la sua voce ansiosa gridare:

«Mariaaa, sto stupido s'è fermato. Aspettateee, non vuole muoversi. Che cazzo gli è presooo!» Voltai lo sguardo indietro verso di lei e infatti la vidi agitarsi, in evidente difficoltà. Arrestandosi, il cavallo di Greta, fece fermare pure quello del signor Ermanno, che le stava dietro. Lo stesso accadde al cavallo di Estella. Se non che l'animale del signor Ermanno si portò repentinamente a fianco a quello di Greta, ritrovandosi pertanto molto vicini, stretti nel ridotto spazio del sentiero, che in quel punto si stringeva considerevolmente. Ci fu un po' di confusione e di apprensione. Greta gridava perché non riusciva a portarsi in una posizione adeguata; il suo destriero faceva qualche passo indietro e poi – muovendo la testa su e giù – si riportava di nuovo avanti, rimanendo appiccicato al fianco del cavallo di Ermanno, che lo udii imprecare in dialetto romagnolo. Lui poveretto, si sentiva schiacciare contro la parete rocciosa e i due cavalli cominciarono ad agitarsi facendo rumore con gli zoccoli. Maria gridava di stare calmi e intimava a Greta di avanzare.

«Ermanno, tu resta fermo. Gretaaa, muovi quel cavallo avantiii! Stringi le ginocchia e dagli di tacco, forzaaa. Non è possibile che tu non ci riesca!» Estella rideva, fiera sul suo cavallo, immobile in fondo al sentiero, ed io in verità ero fin troppo in apprensione. Poi finalmente ritrovammo ognuno le nostre regolari posizioni, ritornando ordinatamente in fila, e così potemmo procedere e continuare la nostra passeggiata lungo l'angusto sentiero. Proseguimmo per varie curve, sia in discesa che in salita, trovando per fortuna anche zone in cui il sentiero si allargava, permettendoci di andare comodamente al trotto. Poi finalmente il percorso si arrestò e davanti ai nostri occhi si aprì una distesa erbosa che risplendeva di un verde cangiante sotto al sole. Fu lì che, col permesso di Maria, spronammo i nostri destrieri al galoppo, provando una sensazione eccitante di libertà! Estella fu quella che andò più veloce di tutti, assieme a Maria naturalmente. Ma anche io non me la cavai affatto male. Passata la radura continuammo sempre al galoppo, ove il sentiero ricominciava con curve ad esse, ma sufficientemente largo per permetterci la corsa. Il lato scosceso restava sempre alla nostra destra, coperto di abeti alti e frondosi, e alla sinistra avevamo ancora la parete di roccia, con massi che sporgevano in lastroni color grigio ed ocra. Poi iniziò la discesa verso un tratto di torrente, e in quel momento Maria ci consigliò di non tirare le redini ma di lasciar fare esclusivamente al cavallo, senza tirargli in bocca. Presto si aprì la zona ciottolosa del letto del fiume, piuttosto piena di dislivelli a causa dei sassi che si protendevano, e della pietraia disseminata ovunque. Lì il torrente era piuttosto in secca e poca acqua vi scorreva, ma il sole mandava comunque riflessi quasi abbaglianti, brillando sui sassi lambiti dal sottile corso d'acqua. Trovarsi in mezzo ad una natura così rigogliosa ed incantevole, prospera di vegetazione alpestre, che riempiva i nostri sensi quasi a stordirli, a percorrerla e scoprirla in sella sul proprio cavallo fu un'esperienza per me e per i miei compagni di passeggiata, assai stupefacente e unica. Dopo aver passato il guado del fiume in secca, ci ritrovammo, questa volta andando al trotto e poi al passo, nuovamente su un sentiero alberato. Mi sentii felice ed orgoglioso di aver affrontato quella natura prolifica, ardente, pulsante, viva, e fremente, fresca e verdeggiante, in sella, cavalcando quasi come un vero *cowboy*. Avevo scaricato ogni tensione nell'ebbrezza della corsa al galoppo, assieme alle mie due giovani amiche, alla brava Maria (nostra istruttrice e guida), e al simpatico signor Ermanno.

Ma seguì un secondo inconveniente, e questa volta toccò a me. In un tratto di percorso – come all'inizio – incontrammo diversi rami che sporgevano come braccia irte, ad altezza d'uomo, alcuni dei quali anche abbastanza spinosi; fui colto di sorpresa proprio da questi intralci selvatici. C'è anche da considerare che io, nella mia cavalcata, ero forse il più esposto ai rami sporgenti, in quanto montavo il cavallo più alto, cioè Carlitos, e perciò con la testa ci andavo incontro più facilmente. Avevamo da poco ripreso il trotto e inizialmente alcuni rami riuscii abilmente ad evitarli, abbassando il capo in tempo, ma ad un certo punto un groviglio di piante con ramificazioni nodose e robuste mi frustò in pieno viso, facendomi volar via gli occhiali. Allorché gridai forte, e siccome non ci vedevo più bene (causa la mia miopia), fui preso dal panico ed iniziai a sbilanciarmi sulla sella, ma tenni comunque le redini ben salde e strinsi le ginocchia per evitare di disarcionarmi. Subito Maria diede l'ordine dell'arresto, avendo compreso la situazione, e gli altri si fermarono di colpo, facendo nitrire le loro bestie.

«Lorenzo, che c'è?» disse Greta.

«Aiuto, mi sono saltati via gli occhiali!» risposi guardando un po' qua e un po' là alla cieca.

«Ragazzi, non vedo quasi nulla, non posso continuare senza i miei occhiali.» ripresi sbuffando.

«Maria, che facciamo smontiamo?» chiese subito Ermanno a voce alta.

«Sì, ma chi scende, che sia ben sicuro di riuscire a tenere fermo il cavallo per le briglia.» si raccomandò Maria saltando giù di sella agevolmente.

Non sapevo che fare e in quel momento mi vergognai un poco. Estella scese da cavallo, avvicinandosi a me piano piano, reggendo le briglia e guardando in terra disse:

«Ma come si fa a cavalcare senza il laccetto per gli occhiali? Lorenzo, queste precauzioni le devi conoscere!» La ragazzina sorrideva con fare leggermente canzonatorio. La "principessina" aveva ragione. Ci fu un attimo in cui i cavalli si erano raggruppati un po' troppo l'uno vicino all'altro, perché tutti stavano cercando i miei occhiali volati nel sentiero, chissà dove. Avevo una gran paura che venissero per giunta calpestati! Maria disse:

«Non teneteli così vicini, suuu!» Intanto pure lei si stava dando parecchio da fare, guardando ovunque. Senza più vederci bene, in groppa ad un cavallo, nel bel mezzo di un'escursione, mi assalì di nuovo il panico. Certo, la situazione non era fra quelle più allettanti. Mi sentivo smarrito e incapace di proseguire. Quegli occhiali però continuavano a non saltar fuori nonostante le ricerche affannose. Senza i miei occhiali sarei stato perduto. Tutti perlustravano il terreno, fra pietrisco, rami secchi, radici, sterpi, fogliame e quant'altro. Ma i miei occhiali non si riuscivano a trovare.

«Il fatto è... che se sono carambolati giù per il dirupo, non li trovi più Lorenzo.» disse Ermanno accigliato e scuotendo il capo.

«Nooo, ti prego, non me lo dire!» risposi quasi con voce lagnante.

«Poverooo, e allora come fa?» soggiunse Greta cercando di consolarmi.

«Vedo tutto sfocato. Come faccio?»

«Calmaaa!» fece Maria.

«Speriamo di non calpestarli piuttosto, sia noi che i cavalli.» disse Estella sorridendo e guardando Greta.

«Suggerirei di legare un fazzoletto, una bandana, qui, sul punto ove pressappoco sono caduti gli occhiali, così siamo sicuri di non perdere alcun riferimento.» disse assennatamente il signor Ermanno. Ma proprio in quel mentre Maria riuscì a trovarli, dicendo ad alta voce:

«Eccoli, trovati!» Erano in buono stato fortunatamente. Ringraziai il Cielo e sorrisi a Maria, ringraziandola grato e felice, mentre mi veniva incontro porgendomeli. Erano finiti a pochi metri da dove stavo io, a ridosso della roccia, quasi coperti da un secco cespuglio.

«Brava Mariaaa!» esultammo quasi all'unisono.

Riprendemmo così la nostra passeggiata sereni, dopo che i miei compagni furono rimontati in sella. In seguito a un centinaio di metri, pigliammo una biforcazione del sentiero, che era il tragitto che ci riportava verso il maneggio. Trovammo uno spazio erboso in cui potemmo nuovamente spronare i nostri cavalli al galoppo, dopo aver ripercorso un tratto di fiume, e poi di nuovo sulla via del sentiero. Quel giorno mi ripromisi di andare al più presto in paese a comperarmi i laccetti per gli occhiali.

Quando tornammo a La Mandragora, stanchi, accaldati e sudati, Gino ci accolse per aiutarci a sbrigliare i cavalli, dopo che li facemmo asciugare al passo dentro al maneggio. Mentre poi si accingeva a ferrarne uno, sentii che si lamentava con Maria perché Michele aveva, per tutto il tempo che eravamo stati fuori, tormentato Franciuzzo con la fionda. Di conseguenza Franciuzzo e Michele andarono presto alle mani. Risi divertito immaginando la scena. Anche Margie, che accolse le sue amiche, raccontò che aveva visto quel monellaccio di Michele tirare sassi con la fionda a Franciuzzo e che poi si erano picchiati; a sentire questo, Greta e Margie risero di gusto approvando il malfatto di Michele, schierandosi dalla sua parte.

«Gli ho urlato e gli ho allungato uno scapaccione, ma non la finiva. Poco dopo si sono azzuffati. Ho fatto altri *urlacci* e finalmente l'hanno piantata!» spiegò Gino alla moglie, intento ad armeggiare sullo zoccolo del cavallo. Maria rispose che ci avrebbe pensato lei, che lo avrebbe di nuovo sgridato come si doveva.

Mi andai a cambiare, non prima di essermi scolato una gran quantità d'acqua dalla borraccia; avevo una sete folle. Mi sentivo le gambe un po' doloranti e per tonificarmi e ripulirmi, andai subito a fare una doccia. Il pranzo ci fu servito nella sala al chiuso, perché i tavoli all'aperto erano tutti occupati. Avevo una fame da lupo: mi sarei mangiato un cinghiale intero. Più tardi dopo che ebbi riposato un'oretta nella mia stanza, mi decisi ad andare in paese ad acquistare i laccetti per gli occhiali. Mi sarebbero senz'altro serviti anche nelle prossime cavalcate dentro al maneggio. Presi la mia auto e scesi la strada sterrata lentamente, perché cosparsa di buche; dietro di me si alzò un notevole polverone e poi mi portai verso la strada asfaltata che scendeva sino a Monteluna. Trovai i laccetti da occhiali in un tabaccaio.

Raggiunta La Mandragora mi apprestai a scendere al fiume, questa volta da solo. Erano quasi le cinque e mezza del pomeriggio. Faceva ancora abbastanza caldo e quello naturalmente era il luogo più fresco. Non indossai il costume perché non avevo l'intenzione di fare il bagno, in quanto mi sentivo leggermente stanco. La passeggiata a cavallo mi aveva sfibrato le membra. Scesi comunque per godermi anche il panorama; la giornata continuava a rimanere soleggiata, con un cielo ancora di un azzurro intenso. Indossavo una T-shirt grigia, una bandana rossa, pantaloncini corti color sabbia, scarpe da tennis bianche e in testa il mio cappello di paglietta. Avevo con me la borraccia e la mia macchina fotografica, ben disposto a scattare diverse foto al fiume. Mi sedetti tranquillo sopra il primo masso largo e piatto, leggermente accarezzato dall'ombra, vicino alla pozza d'acqua increspata color smeraldo chiaro, che il fiume formava a pochi metri da me. In essa si rifletteva, con giochi di luce scintillante, il protendersi dell'ammasso multiforme di rocce e sassi, interrotto da chiazze di ombra bruna e violetta, e sopra, giganteggiavano i monti e i folti accumuli di alberi e piante verdeggianti, che rifulgevano sotto l'astro del sole. L'acqua gorgogliava emettendo un dolce suono, sottile e fresco, scendendo ridente sul letto del fiume; nasceva dalla cascatella poco più lontano, fuoriuscendo da una stretta gola formata da incastri di massi levigati e irregolari. Subito mi accinsi a scattare un certo numero di fotografie.

Fu un momento commovente quando ad un tratto, scorsi due bellissimi cavalli dal manto chiaro chiazzato di pennellate ocra scuro, che si avvicinavano garbatamente all'acqua fresca per abbeverarsi. Erano due destrieri splendidi, dalla criniera color marrone seppia, che ondeggiava fluente sotto una dolce brezza. Ammirai incantato i loro colli lunghi e il loro passo morbido quanto elegante, nonché tutto il loro corpo scosso quasi da fremiti di gioia. I nervi e i muscoli in leggera tensione. La loro coda era assai lunga, screziata di ocra bruna, e si muoveva ondeggiando, sollevandosi un poco per poi ricadere morbidamente su se stessa. Vidi uno di loro avvicinarsi e abbeverarsi avidamente, subito seguito dall'altro. Allungarono l'aggraziato collo chinando il possente muso in avanti, attingendo sorsate di acqua limpida e fresca. Immersero le froge fra i rivoli che l'acqua formava lambendo i sassi e, così facendo, sentii i loro zoccoli battere leggermente sul declivio di pietre, come per manifestare la loro soddisfazione, mentre placavano la sete. Quei cavalli erano giunti al fiume da soli, scendendo dai monti boscosi e percorrendo i sentieri; la loro apparizione fu quasi magica, poeticamente toccante. Ovviamente scattai a quelle due magnifiche bestie diverse foto. Li vidi più tardi risalire lentamente, con grazia, con agilità, verso le rocce su per il sentiero, scomparendo oltre gli alberi. Poi pensai alle mie giovani amiche e mi domandai che stessero facendo; immaginai che Estella fosse di nuovo a cavallo e che Greta invece fosse rimasta dentro al bungalow a far compagnia a Margie, la quale non si era sentita bene sin dal mattino. Chissà se stavano tramando qualcosa ai danni di quel povero Franciuzzo, già sin troppo tartassato dagli assalti di Michele? Desiderai che almeno una di loro mi raggiungesse al fiume, ma in quel pomeriggio inoltrato, questo non accadde. Notai comunque che c'era poca gente, solo qualche bambino e una coppia di adulti. D'un tratto però mi apparve, come d'incanto, una splendida ragazza: una fanciulla mai vista prima.

La vidi camminare quasi in punta di piedi sui lastroni di pietra, rasentati dall'acqua corrente del fiume, e con mia sorpresa, subito dopo, m'accorsi che dietro a lei ce n'era un'altra, di qualche anno più giovane. Saltellavano da un sasso all'altro, sorridenti e allegre, spensierate e felici di quella loro libertà conquistata. Erano bellissime; le guardai con più at-

A.N.Vaccari 2015

tenzione. Le due ninfe stavano ora a pochi metri da me. Avevano un corpo asciutto, ma con la pelle ambrata e tesa, soda e liscia. Spandevano una conturbante sensualità. Indossavano entrambe un costumino nero due pezzi, e il loro incedere era leggero e arioso; avevano un corpo deliziosamente primigenio, longilineo, sensuale, morbido, caldo, che nei movimenti esprimeva leggiadria ed armonia. La prima cosa che notai, con istintuale voyeurismo, fu il loro perfetto fondo schiena, rotondo e sodo, evidenziato dagli slip aderenti del costume. Erano due splendide creature: come *callipigie* fatate dei boschi, o come ninfe del fiume! Fra loro due ce n'era una più grande – come ho già accennato – e fu lei che, con mio stupore, mi lanciò un sorriso lieve, guardando spontaneamente verso di me. Subito risposi lieto al sorriso e pensai che si erano ben rese conto che le stavo ammirando e questo aveva forse lusingato la più grandicella. Le continuai a seguire con gli occhi, col cuore che mi iniziò a palpitare; sì, perché la bellezza provoca anche questo, quasi un tremore emozionato che ti fa sussultare il petto. Oh mistero mirabile e incantatore delle fanciulle, del loro improvviso apparire, simile al mostrarsi degli angeli! Si tuffarono in acqua con sicurezza, come fossero Naiadi, figlie adottive del fiume, e le scorsi nuotare entrambe ad ampie bracciate, per poi risalire. Fresche, con la pelle lucida e brillante d'acqua, e i capelli appiccicati al capo, tesi all'indietro come cosparsi di gel. Sul momento non seppi che fare, ma poi spezzai la mia timida premura andando loro incontro, sorridendo, guardandole da vicino. Ricambiarono ancora con un conciliante sorriso; mi accorsi che la grande era leggermente più espansiva, mentre l'altra si teneva più sulle sue, sorridendo appena. "Ninfe della memoria: vitali e guizzanti profughe del tempo, visioni di ogni inconfessato umano desiderio, portatrici di lussureggianti promesse, foriere di vive e roventi passioni infantili, di giochi negati; icone del concetto primigenio di una bellezza convulsa, rari boccioli odorosi, come frutti di una natura febbrile, delizie dello sguardo, oh fanciulle sempre insospettabili nel vostro balenare improvviso... voi che di noi non vi curate, se non nell'attimo magico in cui vi scorgiamo e vi doniamo il nostro sguardo, il nostro tremante stupore, il nostro inconfessato amore di voi... che così evanescenti apparite e vi dissolvete, come una visione che si dilegua in un lampo, ma che poi nei sensi persiste e quasi fa male!..." Questo, attraversò la mia mente in pochi attimi, rammentando grosso modo ciò che anni prima scrissi in un mio diario a riguardo delle *fanciulle in fiore*, (per dirla alla Proust).

Le salutai, tornando in me:

«Ciao ragazze, vedo che sapete nuotare molto bene. L'acqua è fredda però, vero? Mi chiamo Lorenzo e sono in vacanza all'agriturismo La Mandragora.» Tesi la mano prima alla maggiore.

«Ah! Allora vai a cavallo. Anche noi ci andiamo a volte. Abitiamo a Monteluna. Mi chiamo Zita. Lei è la mia sorellastra, si chiama...» Purtroppo, ahimè, non posso scrivere il nome della fanciulla minore, in quanto è passato troppo tempo, non lo riesco a ricordare; ma poco importa. Se la memoria si porta via queste inezie, queste cose insignificanti, il ricordo però di ciò che ci ha incantato gli occhi e ci ha fatto vibrare l'anima, rimane! e ci cullerà per sempre come dono inatteso. Mi colpì il fatto che quell'altra ragazzina non fosse dunque la sorella o l'amica di Zita, ma addirittura la "sorellastra". Zita aveva i capelli a caschetto, castani, con una leggera frangetta sbarazzina che le ricadeva di lato; gli occhi erano color nocciola. Mentre la sorellastra aveva i capelli nerissimi, molto corti, tanto che sembrava quasi un maschietto, e occhi neri dal taglio squisitamente orientale. Era proprio quel misto fra maschile e femminile, che le conferiva un fascino particolare. Anche la conformazione del viso era molto simile a quella di un maschietto, e tuttavia il volto rivelava un'espressione aggraziata. Tutto ciò spiccava meravigliosamente, contrastando con l'armoniosa femminilità del suo corpo flessuoso. Ci salutammo dopo aver scambiato poche altre parole e le lasciai proseguire nella loro gioiosa perlustrazione del fiume. Tornarono a sorridermi con suadente dolcezza. Le osservai allontanarsi, saltellando sui massi e poi rigettarsi in acqua; terribili nella loro inesorabile e proibitiva bellezza. Scattai alle due ninfe un paio di fotografie, rimanendo ad una certa distanza, e continuai a rimirarle... sino a quando il sole calante non annunciò la sera, ed esse sparirono per sempre.

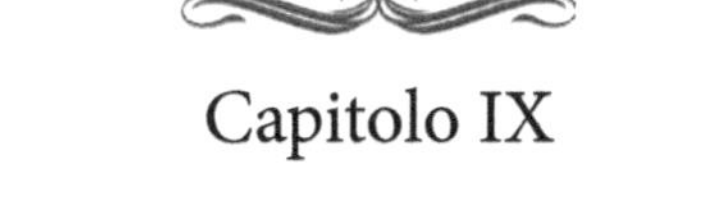

Capitolo IX

L'ABISSO DELLE LINEE

IX

L'abisso delle linee

Franciuzzo si tenne a debita distanza, ma poi riapparve. Quella stessa sera ce lo trovammo seduto su una delle sedie davanti l'entrata della pensione, a *slinguazzare* un cono gelato con golosità sinistra. Sì, perché mentre si affannava a lambire la panna gelato, che sgocciolava lungo il cono del wafer, lanciava bieche occhiate a noi che facevamo gruppetto al solito posto, ossia accanto alla palizzata del maneggio. Ci fissava senza smettere mai di leccare; le ragazze gli lanciavano occhiate di sbieco di tanto in tanto, con un'espressione di disprezzo.

«Fa schifo come *slurpa* quel cono!» disse Estella schifata.

«Cosa avrà da fissare, non so!» replicò Margie scuotendo la testa e soffiando sulla frangetta.

«Lasciate stare ragazze, non dategli corda, ignoratelo.» dissi senza voltare lo sguardo verso il Franciuzzo.

«Io glielo spiccicherei sul grugno, quel cono disfatto!» aggiunse Greta che aveva poggiato un piede su una traversa del recinto e, siccome portava la mini di jeans, fece bella mostra delle sue perfette cosce.

«A guardarlo mangiare quel cono, mi verrebbe da prenderlo a schiaffi!» esclamò Estella facendo un cenno col capo verso il pingue nemico. Poi alzò gli occhi al cielo con una nuova *smorfietta* disgustata e aggiunse:

«Che noia che mi dà... solo a vedermelo là seduto...»

«Non lo state a guardare tanto, dopo va a finire che lo aizzate e quello è capace di venire qui e prendersela di nuovo con voi.» mi preoccupai di dire, mantenendo l'espressione seria per quanto più resistetti.

«Oh, oh, oh... che paura che mi fa!!!» fece Greta col vocione.

«Mi tremano le gambe, bambine... oooh, che fifa che mi viene!!!» disse Estella di rimando e prese a scuotere la testa e con essa una gran massa di ricci che brillarono ai raggi obliqui del tramonto.

«Che ci provi a dire una sola parola... e sai dove glielo infiliamo quel cono...?» se ne uscì Margie scoppiando in una fragorosa risata. Tutte risero ed io pure. Franciuzzo iniziò ora a mordere il cono come un roditore impazzito e, in men che non si dica, l'impasto croccante sparì dentro quella sua bocca avida. Ruminò per un bel po', senza smettere di fissarci, poi si strofinò i palmi con aria di infinita soddisfazione per aver ingurgitato tutto il suo gelato, e si alzò. Barcollò succhiandosi le dita e venne verso di noi.

«Occhio che arriva!» le avvisai, già col riso che mi saliva al petto.

«Vediamo che vuole...» disse Estella raddrizzandosi tutta e battendo un piedino in terra. Ora Franciuzzo sembrava calmo e senza cattive intenzioni, ma restai all'erta.

«Che vuoi?» gli chiese Greta severa, quando se lo trovò ad un metro di distanza.

«Io non ho spifferato a Maria quella vostra bravata, perciò siamo pari!» disse ansimando Franciuzzo.

«Piaciuto il cocktail?» gli domandò con aria beffarda Margie, ma Franciuzzo non rispose, parve stesse ordinando le idee.

«Dunque?» incalzò Estella con il pugno chiuso su un fianco e battendo nuovamente il piedino in terra. Anch'ella aveva in bella mostra le sue snelle e scattanti gambe, indossando un paio di pantaloncini bianchi cortissimi. Era austeramente sensuale, con quel suo modo di fare altero, ogni qual volta si trovava di fronte quel ragazzone.

«Quindi?» aggiunse Greta alzando il mento e guardandolo

da sopra in basso, sempre tenendo la gamba sollevata, col piede sulla traversa della palizzata. Lei pure era bellissima, abbandonata agli sguardi miei e di Franco, non certo insensibile alle sue cosce ben esposte.

«Quindi... mi fate il santino piacere di... *finiamola, che non è più momento*, né di stare a sparlarmi dietro e di stuzzicarmi e di prendermi in giro e di *fastidirmi* coi dispetti, né tutto il resto...» disse questa frase tutta d'un fiato, mentre le tre ragazze lo fissavano ora da sotto in su con la faccia che stava per scoppiare in un riso fragoroso, che non tardò a venire. Non ce la feci a trattenermi, e risi anche io.

«Ma come cazzo ti esprimi Franciuzzo! Penooosooo!» esplose Estella.

«Comunque si è capito... fooorse qualcosa! Ah, ah, ah...» sbraitò Margie piegata in due. Io non avevo fiato e non riuscivo a sedare la mia ghignata. Franciuzzo serio e paonazzo restava *tinco* a guardarci contorcerci dalle risate, mentre le sue mani iniziarono ad agitarsi assieme alle braccia. Saltellò un po', poi disse:

«Ridete ridete, eh eh eh...» E prese a ridacchiare pure lui, ora, con una certa caricata baldanza «.... che poi... *chi l'aspetta ride ultimo!*»

«Forse volevi dire, "ride ben chi ride ultimo", Franco?» aggiustai io strozzandomi nella frase, tanto che ridevo, ormai privo di fiato!

«Cheee?» esplose Margie sgranando gli occhi, mettendosi le mani sulla pancia e gettandosi all'indietro.

«Ma... che... cazz... oooh, macché... stai addì?» farfugliò Greta scossa da un tremito convulso. Estella non emetteva più suoni, restava appoggiata alla staccionata, reggendosi a fatica, con i denti serrati e i begli occhi azzurro acqua sgranati, mentre la sua testa aveva sussulti continui.

Franciuzzo girò i tacchi e se ne tornò alla sedia, traballante e dinoccolato, non prima di aver aggiunto:

«Stupide bislacche!»

«Ciccione sfigato!» urlò Greta mostrandogli il dito medio, in un gestaccio.

«Dissolvitiii!» urlò di rimando Estella, che tutto d'un tratto smise di ridere. Anche Margie s'era calmata, e prese a inveirgli contro.

«Ma va'... va', va', sgambaaa!» diceva agitando la mano col gesto che voleva indicare "vattene". Io non potei che avere un po' di pietà per quel Franco che alla fine, forse, aveva tentato un approccio di tregua, come una sorta di armistizio momentaneo.

Venimmo chiamati per la cena e ci apprestammo a salire i gradini raggiungendo le tavolate sotto la pensilina di canne. Céline era già in giro a sistemare i cestini del pane e bottiglie d'acqua minerale. Maria si indaffarava non meno ad illustrare il menù e presto si mangiò tranquilli, con Franciuzzo sempre a debita distanza, due tavoli più in fondo a smollicare pane.

Un altro giorno era passato, il manto stellato tornò ad avvolgere il maneggio e i monti; avvolse quell'intero mondo in cui vivevo le mie giornate soavi, in compagnia delle mie amate.

Il pomeriggio seguente, avendo fatto equitazione la mattina, scelsi di oziare. Feci qualche schizzo a matita della pensione La Mandragora sul mio album. Poi decisi, dopo aver letto in camera, di farmi due passi lungo la strada polverosa che fiancheggiava il maneggio. Si erano fatte le cinque e tre quarti, mentre il sole ancora diffondeva il suo calore estivo sui prati, sugli alberi e su di me, che mi stavo dirigendo verso il maneggio piuttosto accaldato. Sapevo che le fanciulle erano andate al fiume, ma io non ne avevo avuto voglia. Ero desideroso di starmene un po' per le mie, osservando quanto di più bello avevo attorno e lasciando scivolare i pensieri sopra le linee e i colori di tali bellezze naturali. A passo spedito stavo sorpassando il bungalow, quando una voce mi chiamò:

«Ohi, dove vai sotto 'sto sole?» Con mio stupore vidi Greta affacciata ad una delle finestrelle del bungalow, sorridente e con ciocche di capelli che le rimanevano appiccicate al volto.

«Ti credevo al fiume assieme alle altre...» dissi parandomi gli occhi dal sole con la mano destra.

«No! Non ne avevo voglia. Volevo rilassarmi nella pace del meriggio.»

«Ah, bene, anche io volevo rilassarmi un po', gironzolare e guardarmi attorno. Sai, qui è tutto così bello!» le risposi avvicinandomi alla piccola finestra.

Greta mi tese la mano e mi sfiorò le dita.

«Dove stavi andando?»

«Alle stalle... fa molto caldo!» aggiunsi soffiando.

«Appunto! Vieni su, dai, ti va?» mi chiese lei, sempre sorridente. Non me lo feci ripetere due volte: mi parve una situazione fantastica. Lei ed io nel bungalow, godere di qualche attimo della sua compagnia, senza nessun altro! Sentii le membra come scosse da un tremore di preannunciato piacere. Greta si ritirò dalla finestrella mentre io mi affrettai a entrare. Varcai la porticina con le assi che scricchiolarono al mio incedere, percepii il fresco dell'ombra all'interno e la trovai stesa sul suo lettino: la visione mi tolse il fiato!

Non vidi mai qualcosa di più bello e seducente! Stava a pancia in giù e mi sorrideva dolcissima coi lunghi capelli biondi sciolti che le cadevano fluenti come una cascata d'oro sulle spalle, sino alla schiena. Portava una magliettina bianca dal tessuto lucido, abbastanza larga, da formare graziose pieghettine lungo i fianchi e il dorso, che si infittivano nel punto della regione lombare. La maglietta era arrotolata verso il basso, da mostrarmi, con mio enorme stupore e ammirazione, le mutandine anch'esse candide. Dunque le vedevo l'armoniosa grazia di quei splendidi glutei femminili, inguainati dall'aderenza conturbante degli slip. Uno spettacolo incantevole, inebriante, che mi scosse anima e corpo come sottoposti a corrente elettrica. Restai in bilico tra una congettura e l'altra, senza sapere il perché Greta mi stava mostrando, con tale candore, le sue attrattive; tali formosità, tali armonie delle linee anatomiche, tali eccitanti flessibilità muliebri mi ottenebrarono lì per lì i pensieri, votato solamente al rapimento dello sguardo: non pensai, i pensieri si fermarono, non volli altro che ammirare e più congetturare cosa alcuna. Che mi importava del come e del perché? Nulla avrebbe avuto più senso: davanti a tale sublime grandezza di sensualità non restava che l'abbandono all'estatica contemplazione della sua bellezza acerba, nell'incantesimo di quell'istante. Il mio sguardo percorreva quella flavescenza dorata a partire da quel delizioso volto fino a scendere sulle linee perfette della schiena, sino ai glutei sodi e serici. Teneva la gamba destra distesa, mentre la sinistra era lievemente flessa verso l'esterno, al bordo del materasso.

«Quanto sei bella Greta!» esclamai in estasi, senza neppure pormi nessuna remora. Senza altri scrupoli mi avvicinai al materasso sedendole affianco, e le sfiorai i capelli dorati.

«Trovi?» mi chiese con voce delicata e tenue.

«Sei meravigliosa! Hai... un corpo... spettacolare!» ruppi ogni indugio, nel dirle ciò.

«Grazie Lorenzo! Sarei da ritrarre?» mi chiese offuscata nell'espressione.

«Certamente, ma nessun pennello potrebbe mai eguagliare la bellezza che i miei occhi possono ora guardare...»

«E cosa vedono?»

«Una fanciulla sublime, con delle cosce e dei glutei irresistibili!» Inghiottii a fatica, e sentii la mia voce tremare lievemente.

Mi era apparsa così, come un miraggio incantevole senza

annuncio alcuno. Me la trovai di fronte e la subii.

Inerti al primo apparire le adoriamo le fanciulle, già schiavi, succubi senza possibilità di scampo! Bisognerebbe essere soltanto involucro per rimanere impassibili. Quando la bellezza ha emanato se stessa, quando si è svelata, quando entriamo nel raggio d'azione del suo vapore stordente, siamo in trappola, perché il suo peso non si sostiene, reca dolore, e si anela il suo possesso. Il potere delle fanciulle è un potere notturno di cui non si conosce ancora la forza. Rarissima la loro riemersione!

Così avvenne con Greta che mi apparve come una meteora lasciando una scia di luce assieme ad un vento impertinente, che mi tolse il respiro e più tardi il sonno: come un veleno siderale che intossica. Avrei voluto, con lei, precipitare nell'abisso!

«Quanti complimenti! Ti piaccio?»

«Da morire!» risposi senza più senno alcuno.

Non so come accadde, ma ricordo un profumo come di vaniglia..., e il suo calore e la sua morbidezza! La consistenza vibrante... di quei glutei, il miele di quella pelle. Avevo fuso! Leccai e baciai inebetito e goloso quelle rotondità e percorsi tutta la gamba, prima una e poi l'altra, con la sua mano fremente tra i miei capelli. Poi, come un uragano, che s'imbatté impietoso sulla mia testa, le dita sue afferrarmi i capelli trascinandomi ancora verso quelle colline polpose e premere, sino ad affondarci bocca e narici, senza più riuscire a respirare. Affondavo tra le sue natiche! Mi tenne lì così per un po' mentre la sentivo muovere il bacino. Poi... poi... poi mi allontanò e la pressione divenne al contrario; mi scansava e volle che la smettessi. Alzai il viso e mi feci strada verso quelle labbra carnose e succose, che mi parevano lamponi avvelenati! Riuscii appena a sentire l'odore del suo alito, una fragranza di pesca mista a latte fresco. Mi guardò con i suoi occhi marini, poi sfiorò appena le mie labbra e si distaccò!

«Scusami...» sussurrai colmo di rossore.

«Di cosa?» fece lei candida.

«No... nulla. Sei adorabile!»

«Tu pure...» Mi allungò un bacio sulla guancia con uno schiocco che si propose riportarmi alla realtà. Ero al settimo cielo! Mai avrei creduto tanta delizia offerta e goduta, seppure qualcuno valuterebbe ciò appena un inizio troncato sul più bello. Ma non fu così per me. Mi bastò quello, stimando quanto accadde immenso privilegio averlo vissuto. Sorridemmo e lei si alzò dal letto ed esclamò:

«Oh, oh oh!» Aveva notato la mia visibile erezione da sotto i miei jeans. Rise e goffamente lo feci pure io. Ma all'improvviso qualcosa si mosse fuori, lo sentimmo chiaramente e trasalimmo. Lei divenne quasi pallida, e io... non oso sapere che faccia feci! Greta si accostò ad una delle finestrelle e la sentii rabbiosamente esclamare:

«Vaffanculo, che cazzo vuoiii!!!»

Subito una vocina lagnosa, sibilante e infantile rispose:

«Posso venire dentro anche io? Che state a fare?» Greta si sporse e urlò:

«Sparisciii Franciuzzo che se ti prendo ti spacco il culooo!»

Era quel rompiscatole che, chissà come, gli era saltato in testa di entrare. Ebbi il terrore che avesse visto qualcosa, ma a giudicare da come rispose, sia Greta che io, ci persuademmo che era giunto proprio in quell'istante. Lei mi pregò di uscire e di farlo come se nulla fosse, con la maggior disinvoltura di cui ero capace. Così feci. Vidi quel bamboccione di Franciuzzo allontanarsi a passo spedito, con la sua solita camminata ciondolante, accompagnata dall'agitare delle braccia e delle mani. Diceva a voce alta:

«Prima o poi entrerò, entrerò, entrerò... trallalà!»

Greta, di rimando, gli fece il verso, ripetendo "trallallà" con uno scatto del viso e un'espressione di motteggio, che in quel suo schernire, divenne altresì sexy!

A cena fu bello ritrovarmi col gruppo delle fanciulle a ridere e scherzare, mentre si gustavano le solite prelibatezze. Non sopravvenne nulla che non fosse della usuale consuetudine, tra me e Greta. Ed era giusto così. Quanto accadde, seppure stette in me come un turbine travolgente che occupava istante per istante tutta la mia mente e tutti i miei sensi, rimase come vissuto in sogno, e come un sogno disgiunto dalla realtà. D'altronde non osai mai pensare che Greta desse un significato particolare o una, se pur vaga, importanza al fatto, che potesse legarci in qualche modo. Fu una fortuita contingenza che ci vide per un attimo uniti in qualcosa di erotico, innocente come un fiore che accoglie l'ape avida di nettare. La sensualità, la pulsione erotica, nascono talvolta senza preavviso né particolari sentimenti: nascono e si sviluppano, in un palpito, in un solo istante, e terminano, nella loro brevità di luce, senza possibilità di replica. Così fu quella volta, e così restò per sempre. La notte tutta quella grandezza sensuale, le linee del corpo della ninfa, tutto quanto in quella brevità avevo goduto nell'accensione più intensa dei sensi, mi tolse il sonno. Pensai alle natiche sublimi di Greta, al suo odore di vaniglia, a quelle sode morbidezze di carne femminile palpitanti sotto le mie dita frementi, precipitando in una smaniosa febbre di sesso e in lubriche fantasie. Avevo potuto avere il suo sedere premuto sulla mia faccia, senza che lo avessi né sperato né ideato nelle più lontane intenzioni, eppure... quanta delizia mi fu concessa!!! Ah fanciulle, imprevedibili anche nel piacere! Le mie fantasie, mentre mi rigiravo ebbro di passione sul letto, accaldato, si spinsero in visioni di Greta ed Estella che mi si avvinghiavano addosso, nude e generose di ogni offerta erotica, in una carnalità e lussuria che includeva persino atti di lesbismo tra di loro. E poi vi inserivo Margie che poco dopo si univa a noi con solenne lascivia.

Nulla di quanto più dolce e puro ebbi a vivere nella realtà, ora assomigliava alle mie fantasie. Strano come nella mente, qualcosa di soavemente spontaneo e dolce, in ambito erotico, si possa trasformare, nelle immaginazioni dettate dalle terribili pulsioni della carne, in vagheggiamenti al limite del dissoluto e del perverso. Un'altra fantasia consistette nel divenire schiavo delle tre ragazze, mentre Estella, vestita da cavallerizza, mi imponeva ordini sconci col frustino, ed altre indecorose diavolerie mi elargivano Margie e Greta, anch'esse armate di frustino, mentre io nudo e sottomesso, eseguivo ogni loro lussurioso ordine, sottoposto persino a deliziose torture. E in quel paradiso di vessazioni mi conducevano all'orgasmo. Mi svegliai come ubriaco, narcotizzato, il mattino seguente verso le undici.

Sentii il rumore di zoccoli provenire dal maneggio e le urla gioiose delle ragazze: le mie *libertine* amazzoni, mentre io poltrivo ancora a letto, erano già in sella.

Capitolo X

SOAVE, MERAVIGLIOSO

X

Soave, meraviglioso

Quel tardo mattino cavalcai Apollo, dopo aver atteso qualche minuto perché i cavalli erano quasi tutti occupati; di nuovo l'ebbrezza di passare dal trotto al galoppo. Nell'aria una fragranza d'erba, terriccio, cuoio e cavalli. Faceva ancora molto caldo e sentivo il sudore appiccicaticcio colarmi sulla fronte e lungo il dorso. Feci vari giri del maneggio, gustandomi con la vista tutto il paesaggio circostante; gli alti monti coperti di abeti d'un verde veronese brillante. Quando andavo al galoppo sfioravo quasi l'intera staccionata e mi sentivo un po' in trepidazione, mentre passavo dalla parte ove il maneggio faceva ampie curve, in lieve salita. Ma ero felice perché mi sentivo addosso un gran senso di libertà e di forza; l'adrenalina cresceva nei tratti in cui spronavo il cavallo al galoppo prendendo velocità, e l'aria mi sbatteva in faccia dandomi forti sensazioni di esaltazione fisica. Poi mi portai al centro dell'ampio maneggio, ove stavano le staccionate per i salti agli ostacoli, ma non ebbi, né quel giorno, né mai, l'ardire di provarli senza la mia insegnante, ed anche se avessi preso lezioni di ostacoli non sarei mai stato tanto bravo quanto Estella; ma ero molto soddisfatto già per quei traguardi raggiunti in poco tempo, grazie agli insegnamenti di Maria. Vidi Margie e Greta uscire dal recinto; era già più di un'ora che stavano a cavallo, mentre Estella rimase a provare qualche altro salto, con un cavallo stupendo, dal manto nero e lucido. Mi accorsi che anche Michele cavalcava; si stava esercitando al "trotto seduto" e lo stava seguendo Gino, suo padre. Maria mi spiegò che il trotto può essere intrapreso dal cavaliere in modo che sia "sollevato"

o "seduto". Il trotto seduto aumenta così il senso del ritmo del cavaliere e la sua elasticità, nel rapporto col suo cavallo. Nel *trotto sollevato (o battuto)* il cavaliere si distacca dalla sella alzando e abbassando ritmicamente il bacino. Nel *trotto seduto* (detto anche *trotto di scuola*, quello che stava provando Michele), invece si rimane seduti in sella seguendo il movimento del cavallo con il bacino. Quando Michele era a cavallo, specie se c'era Gino, diventava un ragazzino silenzioso, ubbidiente, disciplinato, apprendeva in maniera veloce e quasi perfetta. Smontato di sella invece, tornava ad essere quel discolo irrefrenabile di sempre.

L'ora del pranzo ci riunì tutti nella sala al coperto; come sempre fu servito il menù della migliore cucina di tradizione tosco-romagnola: in particolare, come secondo, si poteva scegliere tra capriolo, cinghiale e arrosti. Margie mi disse che era ghiotta di carne, che ne mangiava spesso, e quindi si fece ordinare un piatto misto di carni arrosto. Anche io feci lo stesso. Della cucina dell'agriturismo La Mandragora non potevamo assolutamente lamentarci; la cuoca era sicuramente da applaudire. Quando azzardai ad aprire l'argomento della carne di cavallo con Margie, per sapere se l'avesse mai mangiata, lei mi rispose di no, dicendomi che comunque sapeva che per chi l'aveva provata l'aveva trovata assai squisita, entrambi fummo animatamente sgridati da Estella, la quale ci intimò subito di tacere sull'argomento perché non ne voleva sentire parlare, nemmeno per scherzo; in sua presenza era tabù. Accanitamente difendeva i suoi amati *cavallini* da ogni possibile ingordigia umana. Anche io non le davo torto, ma certo che la ragazzina diventava spropositatamente feroce non appena si accennava alla carne di cavallo. Infatti si alzò di scatto dal suo posto e agguantò una ciocca dei capelli della povera Margie, e tirando, si mise a dirle stringendo i denti, diventando cattiva, con voce minacciosa:

«Margie, se ti azzardi ad ordinare carne di cavallo, ti ammazzo!»

La poverina emise solo un urletto, restando a testa bassa:

«Ahiii, aaahiaaa...» e poi prese a ridere guardando l'amica con ironia e lievemente ansimante disse:

«Ma chi ha detto che voglio mangiarla, vedi di calmarti bambina! E poi figurati se qui la servono...» Mi ero visto, lì per lì, di assistere all'azzuffamento di due fanciulle in pieno pranzo, la qual cosa forse non sarebbe poi stata uno spiacevole spettacolo. Greta guardò prima Estella e poi Margie, poi verso di me e, senza dire una sola parola ma solo ridacchiando fra sé, ritornò subito ad occuparsi del suo piatto facendo spallucce. Meno male che Franciuzzo, che era poco distante da noi in un altro tavolo, sembrò non avere sentito nulla, o finse forse; comunque immaginai, proprio in quell'istante, cosa sarebbe successo se lui, per suo dispetto, avesse cominciato ad esprimere il suo assenso verso la carne di cavallo come piatto prelibato. Credo che Estella l'avrebbe scannato lì seduta stante. Fortunatamente questo non accadde. Probabilmente Franco non si era nemmeno accorto di quel breve alterco fra Margie ed Estella.

Dopo il pranzo ci alzammo da tavola facendo il solito chiasso, specie i bambini, che quelli sì che ne facevano! Prima di raggiungere la mia stanza, mi chiamò Gino, facendomi un cenno col braccio alzato; veniva dalla cucina, perché lui solitamente mangiava lì, alla meglio. Sorridendomi disse:

«O Lorenzo, che me lo faresti un bel disegno di *Tex Willer*? Ti porto un albo di *Tex*, così puoi ricopiare una bella vignetta; ho una collezione che fa invidia!»

«Certo, va bene Gino, con piacere.» risposi gratificato dalla sua richiesta.

«Grazie. Dai, che in cambio ti offro un cavallo gratis.» Naturalmente Gino intendeva che mi avrebbe concesso un'ora di cavallo, senza metterla in conto. Fui davvero felice di questo scambio inaspettato.

«Allora quando sei pronto, vieni al tavolo di sotto, che ti faccio avere un bel cartoncino grande e i pennarelli.»

Gino per me era una figura straordinaria, caratteristica e unica. Il suo look era perfettamente in armonia con il luogo; eh sì, non poteva essere altrimenti! Lui aveva persino fatto la guardia forestale, molti anni addietro, prima che con Maria comprasse La Mandragora per costruire il maneggio e avviare la cooperativa agrituristica. Era insegnante di equitazione, era un ottimo stalliere, badava ai cavalli curandoli sotto ogni aspetto; li sellava, li ferrava, li puliva, li preparava per ogni evenienza. Era un perfetto *cowboy*! Il suo viso era bello e dolce. Come già ebbi a descrivere, aveva capelli lunghi castani, leggermente sul brizzolato, e una barba incolta che si allungava sul mento. Aveva un carattere audace, pratico e riflessivo. Si vedeva che era un uomo cresciuto da sempre in mezzo alla natura: era forte come un esploratore dall'animo libero e fiero; Gino era instancabile e sempre in movimento. Ogni giorno viveva in simbiosi con i suoi cavalli, tonificato da una continua vita all'aria aperta. Nei suoi occhi leggermente velati da una malinconica dolcezza, pareva risplendere una saggezza antica. Quella saggezza propria degli uomini delle praterie, che hanno esplorato boschi e sentieri in lungo e in largo, che hanno guadato fiumi e torrenti, che hanno superato monti e valli, che hanno condotto come avventurieri, come cercatori d'oro del Far West, un'intera vita a cavallo. Gino devo dire che mi affascinò subito per la sua splendida e non comune vitalità, che gli conferiva un carisma speciale. Era vigoroso e tenace; un vero erede della natura: un po' selvaggio, ma soprattutto magnificamente semplice.

Nel salone d'entrata, ove stava il bar, appesi alle pareti rivestite in legno, c'erano diversi quadretti di fotografie che lo ritraevano da solo, o in compagnia della sua famiglia. Mi colpirono quelle foto, perché erano di color seppia come i dagherrotipi dell'epoca del Far West e, proprio per questo, avevano l'attrattiva del tempo antico. In una si vedeva Gino che discendeva un sentiero a cavallo, con un cappello a tesa larga sul capo, seguito in fila indiana da cinque esploratori; in un'altra l'avevano colto mentre stava ferrando un cavallo e in un'altra ancora era fra familiari e amici, con la facciata della casa La Mandragora alle spalle del gruppo; si vedeva qualcuno con un boccale di birra in mano e un altro che teneva una vecchia chitarra.

Quando lo guardavo, anche se solo da lontano, la sua immagine mi restituiva un gran senso di pace. Pensai spesso, riflettendoci, che Gino fosse un uomo che conosceva molti segreti, però quella conoscenza la taceva restando umile e silenzioso. Lui la natura l'aveva assimilata; la rispettava, la capiva, la conosceva. La natura era come la sua casa, gli apparteneva per grazia, in quanto l'aveva da sempre esplorata e condivisa. I cavalli poi, erano per lui tutto e a essi aveva donato buona parte della sua vita, assieme a sua moglie Maria. Mentre disegnavo, mi sedeva accanto con un boccale di birra in mano e ne aveva offerto uno anche a me. Chiacchierammo del più e del meno e mi raccontò che aveva condotto tantissime esplorazioni a cavallo con gruppi di persone assai esperte di equitazione, quasi quanto lui. Le uscite si facevano con un minimo di quattro esploratori; la passeggiata a cavallo durava per ore, anzi, per diversi giorni interrotta da varie tappe. Si partiva dalla pensione La Mandragora e poi sin verso l'eremo di Camaldoli, in seguito, passando per Badia Prataglia, si continuava per il passo dei Mandrioli sino a raggiungere in pellegrinaggio, il monte sacro della Verna. Tutto il viaggio sempre a cavallo! Mi raccontò delle millenarie foreste, di passeggiate lungo gli interminabili sentieri nel Parco Nazionale delle

Foreste Casentinesi, del monte Falterona, del pianoro della Lama, dell'incredibile grotta della Buca delle Fate; mi raccontò di antichi borghi, di mulattiere e di santuari. Mi parlò del sacro rapporto fra l'uomo e la foresta, del magico incontro con caprioli, cervi, daini e cinghiali, e di tanti aspetti dell'incredibile natura di quei luoghi, che lui aveva tante volte esplorato e percorso, con la sua jeep o sia a piedi che a cavallo. Mi disse dell'emozione sempre nuova, che prova l'escursionista quando si appresta all'osservazione commovente di quegli ambienti naturali. Così mi descrisse i due famosi sentieri di Badia Prataglia, folti di boschi di conifere: il Tramignone e il passo dei Fangacci, splendidi itinerari naturalistici da percorrere sia a cavallo, sia in *mountain-bike* che in camminata. In breve tempo terminai il mio disegno: pareva proprio un fumetto di *Tex* a grandi dimensioni. Gino lo guardò con ammirazione e fu molto soddisfatto; addirittura lo appese vicino ad una parete del bar, con dei pezzetti di scotch adesivo.

Il mio *Tex* ebbe grande successo: fu ammirato da tutti e ne fui molto orgoglioso. Piacque anche alle fanciulle e persino Franco, quella sera, prima della cena, lo vidi silenzioso osservare il mio disegno appeso. Per me si avvicinava la fine della mia vacanza. Sarei ripartito lunedì mattina; al pensiero di lasciare quel meraviglioso posto e di separarmi dalle mie dilette fanciulle, mi rattristava non poco. Era un venerdì e il giorno dopo, come tutti i sabati, ci sarebbe stata la festa di musica country a La Mandragora. Gino mi disse che questo sabato sarebbe venuto Dudi e la sua band, e che anche egli stesso avrebbe suonato. La cosa mi elettrizzava molto, in quanto amo la musica country ed il blues; di chitarra un po' ne capisco anche io, suono da diversi anni, cavandomela niente male, ma l'idea di ammirare le virtuose mani di Dudi sulla tastiera della sua chitarra, ascoltare la sua voce e quella della sua band, mi metteva un gran entusiasmo. Si sarebbe mangiato e bevuto all'aperto, con grandi boccali di birra, ed anche danzato. Già nell'aria aleggiava il fervore dei preparativi. Gino mi accordò, come promesso, un'ora di cavallo gratuita il pomeriggio. Vennero in "pista" anche le tre ragazze e ci fu un attimo in cui tutti ci lanciammo al galoppo divertendoci un mondo! Ah, lasciare l'equitazione, che dispiacere! Oramai mi sentivo integrato perfettamente a quella natura e a quella pratica sportiva equestre; rattristato dal pensiero di ritornare alla consuetudine cittadina, senza più quei prati e quelle montagne, senza più montare in sella, privato della presenza giornaliera delle adorabili amazzoni, sentii salirmi un singulto che inghiottii a fatica.

Terminata quell'ora di cavallo, riuscii a convincere Margie e Greta a farsi fare qualche fotografia, prima che cominciasse a calare la luce del sole. Si andarono a cambiare e indossarono entrambe una T-shirt: grigia Margie e bianca Greta. Sotto si erano messe un costume intero, nero, ma quando scendevamo il sentiero che portava al fiume, le due amiche avevano indosso anche i calzoncini corti. Margie raccolse un lungo ramo che trovò ai lati del sentiero e lo usò come bastone da passeggiata, sbattendolo ogni tanto in terra, per allontanare "cattive sorprese", disse. Erano allegre, sorridenti, vivaci, sbarazzine le mie fanciulle; guardavo, mentre scendevamo verso il fiume, i loro corpi maculati dalle macchie di luce che filtrava dalle fitte fronde. Avevano scarpette da tennis bianche, senza calzini. Margie si era portata il suo *walkman*, ed ogni tanto ascoltava un po' di musica dalle cuffie, per poi togliersele e appenderle al collo, col filo nero che le scendeva al petto, sulla T-shirt. Qualche volta si fermavano ridacchiando; si inginocchiavano davanti ad un cespuglio frondoso, giocherellavano con le pietre; d'improvviso venivano incuriosite da un insetto dagli strani e sgargianti colori, poi saltellavano, canticchiavano, facevano mossettine ed io, deliziato, cominciai a scattargli qualche foto fugace. Quando arrivammo al fiume si tolsero subito i calzoncini, ma rimasero con la T-shirt addosso. Restai davvero ammirato quando il mio sguardo cadde nel miele dorato delle loro cosce lisce e scattanti. Si appollaiarono schiena contro schiena su un largo masso, mettendosi in posa come fossero modelle, tirandosi su la T-shirt, mostrando maliziosamente il costume nero sino al pube. Le braccia stese ai lati; avevano adottato la stessa posa, rimanendo schiena contro schiena: una gamba flessa e una distesa. Il sole le colpiva morbidamente e accendeva di bagliore cangiante le loro belle gambe e i capelli di Greta brillarono aurei. Scattai la foto, poi altre, mentre mi guardavano ora serie, ora sorridenti, maliziose, pungenti, stuzzicanti. Poco dopo si alzarono con un elegante scatto, abbracciandosi fra loro e lasciandomi intontito e fremente, mentre finsero di accarezzarsi come amanti sotto il sole; ora erano a piedi nudi sui massi spaccati, sulle fresche pietre.

Corsero verso l'acqua e si bagnarono sino alle caviglie, spruzzandosi addosso a vicenda e ridendo come piccole monelle eccitate. Poi le chiamai e di nuovo si misero su un lastrone di pietra leggermente in discesa; cercarono da sole una posa che le convincesse. In piedi, una vicina all'altra, si drizzarono sulla schiena, e così facendo, sporsero il petto spingendolo in avanti, sicché i loro seni sodi e rotondi risaltarono ancor di più da sotto la maglietta, che si tendeva aderendo ai capezzoli acerbi, nonostante il costume li avvolgesse. Una gamba tesa e un'altra leggermente flessa, mentre l'anca spingeva in avanti creando una rotondità tutta da percorrere con lo sguardo; Greta, questa postura l'aveva accentuata maggiormente rispetto all'amica, e col braccio destro ripiegato, col gomito che sporgeva, la sua mano afferrava un lembo di maglietta tirandola su, sino a scoprire anca e gluteo, dalla parte destra della gamba tesa.

I loro sguardi birichini verso di me, a perforare l'obiettivo, con le ombre che gli ritagliavano i visi imbruniti, si donarono ai miei scatti con un atteggiamento quasi di sfida, di provocante abbandono. Feci girare Greta di spalle, contro un fitto intrico di vegetazione, facendola rimanere su per giù nella stessa posizione, mentre Margie venne accanto a me a godersi la posa dell'amica. Ora la ragazza mi mostrava il sedere quasi per intero, alzando la maglietta sino alla zona lombare, scoprendo così il triangolo nero del costume che aderiva a quelle rotondità sode e dorate.

Oh dorate, adorate creature! I loro capelli, castani dell'una e biondi dell'altra, ricadevano morbidi e ariosi sulle spalle ancora coperte dalla T-shirt. Illuminate e calde, *profumose* di muschio e di frescura di fiume... come le adorai le mie due fanciulle!

«Coraggio ragazze, togliete la maglietta...!» dissi come fosse un comando. Loro ubbidirono ridendo e mostrando divertimento, così, prima l'una e poi l'altra, si distesero sui massi appiattiti e poi sui sassi lambiti dall'acqua corrente, bagnandosi il costume, e mentre io scattavo altre foto, presero a giocherellare fra loro, a muoversi come bisce di fiume, strisciando sui sassi e iniziando a sfiorarsi e a palparsi a vicenda. Greta su Margie, Margie su Greta, come in una lotta al rallentatore interrotta da dolci e lente carezze. Cominciai a sentire un nuovo fremito di tempesta che mi sconquassò il sangue, quando, serene e sfrontate, presero a baciarsi distese sul pelo dell'acqua, con le mani nei capelli dell'altra, guardandosi teneramente a vicenda, accarezzandosi, ondeggiando, baciandosi nella bocca..., bagnate, un poco tremanti, come due insetti vibranti che stanno lì lì per schizzare in volo, avvinghiati. Magnifico, meraviglioso spettacolo fu quello...! nato solitario e spontaneo, esploso dalla loro imprevedibile giovinezza, scaturito improvviso e naturale, che non andava perso ma colto in tutta la sua sognante bellezza erotica.

Mi avvicinai alle mie due meraviglie – devo dire che eravamo soli, non c'era nessuno attorno a noi. Oh natura complice, oh benedetto fato! – mi addossai ai loro visi imperlati e gocciolanti d'acqua, e scattai da molto vicino, due foto alle loro bocche accostate, lucide, socchiuse, mentre consumavano quell'atto fulmineo di desiderio saffico. Quando si discostarono, regalandosi a vicenda un lieve sorriso dolcissimo, un filo di saliva brillò nel momento in cui le due morbide bocche si disunirono l'una dall'altra. Brividi!

La sera si cenò nella sala interna. Restammo seduti sulle sedie nel lato opposto della casa, le ragazze ed io, a chiacchierare, avvolti dalla semi oscurità, con le stelle che spuntavano a tratti dietro a coltri di nubi spesse e dense. Il clima si apprestava a mutare. Verso mezzanotte iniziò a tirare una forte aria, il vento fece sbattere qualche porta e finestra. Udimmo i cani abbaiare sovra-eccitati. Maria ci avvisò di entrare perché si stava preparando un temporale. Mentre fuori il paesaggio mutava di carattere e aspetto, scosso da forti folate con un gran polverone che si era alzato lungo tutto il perimetro del maneggio, uno scroscio di pioggia si riversò ovunque con fragore inaspettato. Iniziò a lampeggiare e presto tuoni lugubri si udirono in lontananza, sino a che i fulmini divennero squarci di luce minacciosa, centrando tutta la valle attorniata dai monti in subbuglio, seguiti da grandi e assordanti boati. Mentre all'esterno si riversava il caos degli elementi, noi restavamo nella saletta con le panche a stringerci in allegra compagnia, a scherzare sul finimondo di fuori! Le fanciulle erano preoccupate sapendo che per dormire dovevano attraversare la strada sterrata che conduceva al loro bungalow, in mezzo alla tempesta.

«Venite a dormire da me...!» dissi io con una battuta che le divertì non poco: Estella ribatté, spalancando i begli occhi verde azzurro, «Starai scomodo con tutte e tre, come farai a dormire?»

Vidi Greta lanciarle un'occhiata un po' furtiva, stava per aggiungere qualcosa, ma io la precedetti:

«E chi ha detto che voglio dormire!»

«Asino!» fece poi la bionda ragazzina, arricciando il naso.

«Furbo lui!» disse Margie scoppiando in una risata, rifilandomi un calcetto malizioso.

«Che scemooo!» sopraggiunse Estella scuotendo il capo.

Poco più tardi, venne Maria a dire che Gino avrebbe accompagnato le tre ragazze al bungalow.

«Muovetevi bambine, dai che andiamo...» disse un istante dopo Gino, che teneva con sé due ombrelli. Lo seguirono un po' scomposte, e le loro voci squillanti furono coperte da due poderosi tuoni, che le fecero urlare... di un terrore indubbiamente simulato. Ci demmo la buona notte e così pure io mi ritirai a dormire. Felice.

Capitolo XI

IL SENTIERO DELLE LUCCIOLE

XI

Il sentiero delle lucciole

La tempesta rombò tutta la notte con lampi e tuoni infuriati. Ma il mattino seguente, quando un raggio di luce penetrò dallo spiraglio della mia piccola finestra e mi svegliai, udii un cinguettio di uccellini annunciatore di quiete. Era tornato il bel tempo. Quando aprii la finestra per annusare l'aria, ne percepii la purezza estasiato, vi era un silenzio tipico della campagna ritornata alla calma dopo una tempesta; le fronde degli alberi nella loro immobilità rifulgevano di verdi intensi dalle tonalità brillanti, e tutto irradiava la luce del caldo sole mattutino. C'era un nitore nell'aria ripulita dalla pioggia che intensificava i colori ovunque, per cui mi mossi con spirito gaio a prepararmi per la colazione. Incontrai Franciuzzo disotto nella sala, ci salutammo frettolosamente, mentre ancora gli leggevo in viso un torpore di sonno: probabilmente il temporale l'aveva un tantino sconquassato. Altra gente iniziò ad entrare, chi ad ordinare birra al bar, chi a gustare, appena destato, un cappuccino come il mio. Erano quasi le dieci. Le fanciulle tardavano a venire, supposi fossero ancora nel bungalow a sonnecchiare.

«Buon giorno Lorenzo.» mi disse Maria con un gran sorriso, portandomi al tavolo marmellata ai frutti di bosco. «Questa la facciamo noi, è di nostra produzione, sentine la bontà.»

«Grazie, dev'essere squisita mia cara!» Sopra alla fetta di pane imburrata ci stesi uno strato spesso di quella delizia rosso viola, che assaporai estasiato.

«Anche a me, per favore un po', che mi piace un treno!» sentii dire Franco dietro di me. Maria lo salutò giovialmente dicendo che era per entrambi e che il barattolo era bello grande.

«Prego, serviti, è ottima...» Gli porsi il vasetto, che afferrò con un certo piglio e vi affondò la lama del coltello.

«Mmmh» fece ghiottamente alla vista della marmellata. «Sì, buona, speciale... questa così *a me mi piace*...!» Vi si gettò con impegno dovizioso.

Finito che ebbi mi alzai per tornare in camera a prepararmi per il cavallo, mentre lasciai Franciuzzo di gran lunga disposto a continuare la colazione. Poco dopo mi spinsi verso le stalle avvisando Maria, che mi raggiunse a breve e mi sellò il solito cavallo.

«È una bellissima giornata, vero?»

«Bellissima, sì, ma stanotte ha fatto burrasca di brutto!» rispose Maria che stringeva le cinghie del sotto pancia di Tornado, il quale sbuffava e tirava giù di tanto in tanto la testa. La pioggia aveva intensificato tutti gli odori delle stalle, e quegli afrori mi sopraffecero le narici piacevolmente.

«Eh già, un vero diluvio... chi l'avrebbe detto?»

«Era nell'aria» disse Maria con fare esperto, «da piccole cose ce ne accorgiamo...» Non chiesi altro a proposito di dettagli meteo, ma mi affrettai a saltare in sella. Chiesi delle ragazze e lei mi disse che ronfavano ancora, quantunque in genere fossero già sveglie a quell'ora. Dopo mezz'ora di trotto e galoppo solitario – quella mattina d'inizio io solo ero padrone del maneggio – le vidi arrivare tutte bardate a puntino, a passo spedito, raggiungere le scuderie. Ben presto fui con loro a cavalcare e mi invase una gioia effervescente, mai provata prima. Forse perché erano le ultime cavalcate ed ero commosso di essere ancora lì con loro, forse perché l'aria cristallina tonificava il corpo e faceva vibrare i sensi in maniera insolita, fatto sta che divenni euforico. La grandezza dell'insieme e quel senso di libertà frizzante mi inebriarono!

«Ohi... tardive ad alzarvi stamane eh?» dissi a Greta, accostandola al trotto.

«Lo sooo, ma ne abbiamo fatte di cotte e di crude ieri notte, con quel temporale!» mi rispose lei suadente.

«Cosa...? Di cotte e di crude? Che vuoi dire?» Greta scoppiò a ridere e aggiunse:

«Domandalo alla "principessa"...» e se ne scappò spronando il cavallo. La cosa mi mise un po' in agitazione..., incuriosito come non mai, mi avvicinai appena potei a Estella e cercai spiegazioni:

«Che scema Greta, deve sempre dire tutto!»

«Ma se non mi ha detto niente...!»

«Sì ma se stava zitta...eh?» soggiunse Estella frenando il cavallo, restando ritta sulla schiena in elegante postura sulla sella inglese e mi guardava con quel suo sorrisino insinuante e malizioso, tirando le redini, annuendo di mistero. Le vedevo le belle cosce inguainate dai pantaloni da cavallerizza che le modellavano le gambe a perfezione, unite a quegli stivali di cuoio infangati. Quant'era bella e superba, austera e divina! Poi ripartì al galoppo decisa a raggiungere Margie e Greta e la sorpresi sogghignare. Avevo inteso allora che lo facevano apposta per stuzzicarmi, quelle malandrine. Era tutto architettato, insomma, mi volevano provocare e tormentare. Maria ci richiamò subito, giustamente pretendeva che l'ascoltassimo per la lezione. Restai per tutto il tempo avido di curiosità, sino alla fine dell'ora e mezza di equitazione. Prima di pranzo, dopo esserci lavati e cambiati, tornammo a fare finalmente gruppetto. E infine potei soddisfare l'immane curiosità. Mi ero immaginato di tutto e di ciò me ne turbai non poco, credendo che quelle viziose si fossero scatenate in effusioni saffiche in un impeto di eccitazione, complice la tempesta. Invece mi dissero che era uno scherzo, che non avevano fatto un bel niente, che avevano dormito come sassi sotto la sferza minacciosa della bufera.

«Non me la raccontate, ditemi la verità...» azzardai con un certo strazio di delusione.

«Oh... se ti dico che abbiamo dormitooo, che credevi che facessimo?» borbottò Greta con un sorrisetto infingardo.

«Lorenzo, tu galoppiii!» mi schernì Estella puntandomi l'indice sul naso, quasi sino a sfiorarlo.

«Uhauhauha... dicci, che immaginavi?» domandò Margie alzando gli occhioni al cielo, con una smorfietta che sottintendeva già di sapere cosa mi era passato per la fantasia.

«Ehm... beh, che ne so...» risposi un po' imbarazzato, ma con un lieve sorriso, anche il mio di velata malizia.

«Una lesbicata tra di noi? Eh, che ne dici?» se ne uscì repentina ed inaspettatamente Greta.

«Mmmh, ragazze, se così fosse stato, avrei benedetto tutte le bufere e i cicloni di questo mondo se vi avessi potuto accompagnare io al bungalow, e restare a farvi compagnia...» affermai tutto d'un fiato, come per liberarmi di una tensione sin troppo trattenuta e mal celata. D'altronde non avevo certo dimenticato le effusioni fra Margie e Greta quando le avevo fotografate al fiume. Risero tutte, complici, strette nel loro gioco sadico di farmi immaginare chissà quale erotica situazione, visibilmente alterate di esaltazione *ninfettesca*, ebbre di compiacimento per avermi esasperato sino al limite con quella *pinzillaccheria*, ordita col preciso scopo di eccitarmi. Ce ne restammo a bighellonare attorno a mellflui sentieri di parole finché tutto svanì in un richiamo di Maria, che il pranzo stava per essere servito.

La sera, poco prima del tramonto, tornando al fiume ove per l'ultima volta volli godere di quel luogo assieme alle mie dilette, seppure non ci fosse modo di fare il bagno essendo l'acqua assai fredda per il mal tempo della notte precedente, mi imbattei in Gino che sistemava un po' di luci, faretti e diversi cavi, per la serata country imminente. Mi spiegò che dopo cena il grande chitarrista Dudi sarebbe arrivato con la sua band per dare inizio alla festa. Ne fui entusiasta, e corsi a cambiarmi per la cena. Mangiammo come di consueto nella sala di sopra, con la solita effervescente allegria; c'era anche Franco, che non diede motivo di preoccupazione alcuna. Era arrivata molta gente, ed i tavoli erano pienissimi. Qualcuno fu sistemato persino sotto la pensilina di canne, sul declivio sovrastante la pensione. Fortunatamente non vi furono molti roboanti motori a turbare la quiete, ma le macchine erano tante, parcheggiate tutte attorno a La Mandragora. Ben presto Dudi arrivò con i suoi, munito di tutti gli strumenti necessari per una serata divertente con buona musica country e blues, chitarre, basso, voce e armoniche per un sound ispirato alle sonorità west e per una serata all'insegna della musica acustica. Verso la fine della cena già i musicisti, dopo una breve presentazione, iniziarono a suonare. La sera premeva persuasiva e avvolgente col cielo di nuovo trapuntato di zaffiri e diamanti. Noi ci posizionammo davanti al gruppo e ascoltammo diversi pezzi soul-country dal ritmo magistrale che riecheggiarono – credetti – sino alle cime dei monti. Le fanciulle le vidi trasportate dalla musica scuotere la chioma e ballare con impeto giovanile. I loro corpi si muovevano sinuosi e attraenti più che mai. Céline cantava e ballava sprizzante, vestita come le ragazze del west: gonnellone alla caviglia e stivaletti, camicetta con bandana e cappello. I boccali di birra vennero serviti in grande quantità, spumosi sino al bordo e certi soggetti vestiti alla *cowboys*, anche di una certa età, gremivano lo spiazzo antistante a La Mandragora, ove al centro suonavano Dudi e i suoi musicisti. Maria e Gino erano tutti presi a servire birra, vino e ciambella. Io bevvi un bel boccale e le ragazze sorseggiarono del Sangiovese rosso come sangue e ben presto, di quel nettare, ne fecero un lieve abuso, tanto che Maria, al terzo bicchiere di plastica, le redarguì con veemenza.

Verso le undici la festa era ancora al vertice della serata, ma quando tentai di sedermi su un palo della staccionata, Estella mi chiamò dicendomi che si erano tutte accordate per l'esplorazione.

«Che esplorazione, che avete in mente?» chiesi io perplesso.

«Massì, dai, abbiamo deciso. Vieni anche tu Lorenzo, vero? Andiamo al sentiero, quello oltre le stalle...» disse Estella eccitata più che mai. Poi guardò Greta annuendo insistentemente, la quale rispose, mettendomi una mano sulla spalla:

«Sì, andremo lì, se non lo si fa stasera..., quando allora? Tu lunedì parti...» concluse con una mossettina che esprimeva tristezza.

«Ma se ci vede Maria?»

«Chi vuoi che ci veda?! Sono tutti là presi dalla festa, non possono badare a noi. Daiii...» insistette Greta piagnucolando.

«Guarda, io ho le torce...» fece sorridente, ma con aria complice Margie, mostrandomi tre torce, due delle quali passò alle amiche. Le era andate a prendere al bungalow, ed ora erano pronte a partire.

«Ok, va bene, verrò con voi. Ma io...? come faccio senza torcia?» dissi con rammarico.

«Valla a prendere, ma non farti accorgere da nessuno. Poi sgamba qui subito... e muovitiii!» mi intimò la bionda Greta, vedendo un mio lieve tentennamento. Corsi lesto e raggiunsi quatto quatto la mia stanza, presi la torcia e tornai da loro. Erano frementi, scalpitavano come cavalle impazienti.

«Andiamo!» ordinò Estella che prese a camminare veloce sulla strada sterrata che conduceva alle scuderie e ben presto la musica di Dudi si fece più ovattata sino a perdere di timbro, man mano che ci addentravamo nell'oscurità, allontanandoci. Non accendemmo le torce per non dare modo a chicchessia di notarci a distanza. Le avremmo accese solo una volta addentrati nel buio del sentiero. Le ragazze mi si strinsero ed

Estella e Margie mi presero sotto braccio, Greta affianco alla prima. Era un buio pesto, si vedeva appena, ancora una notte senza luna piena: solo una piccola e sottile falce pareva volesse tagliare il cielo. Meglio...! avremmo avuto l'oscurità dalla nostra parte, pensammo. Sorpassammo le stalle, udii qualche movimento dei cavalli, e sentii l'ennesimo odore di fieno e di sterco. Poi, poco più avanti, ecco, l'ignoto: l'antro della "selva oscura" stava davanti a noi, il sentiero minaccioso!

«Ho paura...!» disse Margie stringendomi il braccio.

«Ma dai... scema!» l'ammonì Estella prontamente.

«Cavoli se è buio! Accendiamo le torce...» disse di rimando Greta e subito il fulgore delle nostre torce rimbalzò per il sentiero, tra i ciottoli e le fronde che parevano allungarsi sinistre e stregate verso di noi. Mi colse un po' di inquietudine, ma assieme alle mie fatine avanzai, circospetto, ma deciso. Sembrava un tunnel, ove non ci fosse cielo sopra quella vegetazione fosca e lugubre; si avanzava dentro a questo tunnel di fronde, coi tronchi alla nostra destra, che diventavano opalescenti alla luce delle torce. Qualcosa di tanto in tanto scricchiolava sotto i nostri piedi e ci faceva fremere, sobbalzare e frenare, poi senza indugio riprendevamo ad addentrarci sempre più in fondo, verso un muro d'ombra. C'era adesso silenzio, quasi mi sembrò di non percepire più nessuna nota dalla parte dei festeggiamenti, se non qualche eco confuso, ovattato e indistinto. Rumori sinistri parevano invece giungere flebili dal sottobosco, mentre alla nostra sinistra avevamo la parete rocciosa della montagna. Le torce creavano ombre tenebrose che parevano avvolgerci con insidiosi ondeggiamenti. Le ragazze mi si strinsero sempre più ed io avvertivo il calore dei loro fiati fragranti di fanciulle.

«Lorenzo, sembra un posto infernale... a quest'ora di notte poi!» esclamò Greta con voce un po' esitante.

«Sì, non ha un bell'aspetto!» confermò Margie sottovoce.

«Già...» risposi. Poi domandai: «Che si fa, andiamo oltre?»

«Certo, più in giù!» disse Estella con una certa spavalderia.

«Io non ho paura, ma vi ricordo ragazze i pericoli di questo sentiero. Lo dico per voi... potrebbero esserci i cinghiali...» cercai di ammonirle.

«Sì i cinghiali, Maria ci ha avvertito!» mormorò Margie.

«Ma per piacereee... dai, vi cagate sotto!» ribatté Greta, che si spinse con passo volitivo più oltre, e noi la seguimmo.

Stavamo per giungere ad una curva, e le torce illuminarono il punto in cui il sentiero girava a sinistra. Un bagliore strano veniva da là; ci avvicinammo più lenti alla curva, sorpassata la quale trovammo uno spettacolo inaudito! Era qualcosa di straordinario!

Un nugolo di lucciole si infittiva in quel punto, tutt'attorno, come una nube verde smeraldo pulsante e gravida di incantesimo. Ancor più mirabile di quelle della prima volta! Rimanemmo senza fiato. Ci guardammo a vicenda sbalorditi e sopraffatti da uno stupore infantile, senza limiti. Erano migliaia, ed emanavano quella luce verde smeraldo che riusciva ad illuminare i bordi del sentiero come una torcia naturale. Volavano lente, in un turbine di sciame mai visto, nella loro assoluta spettacolarità, un via vai di pulsazioni vive, come in un linguaggio trasmesso secondo arcani parametri che solo madre natura conosce, un'intermittenza incantata e prodigiosa che ci stregò!

«Sono spesso avvistate nelle sere d'estate, e vivono in aree piovose che trattengono l'umidità! Probabilmente l'eccezionale temporale di stanotte le ha riunite in massa...» dissi estasiato.

«Lampeggiano in maniera incredibile!» esclamò Estella in visibilio, cercando di afferrarne delicatamente qualcuna, senza riuscirci.

«Spegnete le torce!» disse Greta. Difatti quello spettacolo era da gustare con la sola luce che emanava dagli stessi minuscoli animaletti.

«Sapete...» ripresi con fare letterario, «Ogni tipo di intermittenza corrisponde ad un segnale ottico che aiuta le lucciole ad individuare potenziali partner...»

«E tu come lo sai?» chiese Margie poggiandosi alla mia spalla destra.

«Un tempo ero appassionato di entomologia e mi sono informato sui libri di Pietro Zangheri, un noto studioso naturalista di insetti.»

«Ah!» fece la ragazza spalancando la bocca.

«Quindi sono lucciole innamorate!» disse Estella con meraviglia.

Ridemmo pieni di fervorosa gaiezza, felicemente uniti a contemplare qualcosa che forse non avremmo mai più potuto rivedere.

Poi vi fu un momento di estremo entusiasmo, in cui Greta riuscì ad afferrarne una, che tenne tra i palmi, giungendo le mani a mo' di contenitore. Vi fu un "oooh..." generale.

Quella creatura pulsante di luce propria, lampeggiava ad intermittenza dentro i palmi della fanciulla, che si era accovacciata per restare meglio ad ammirare quel piccolo prodigio naturale.

«Come è bella!» disse. Noi restammo attorno a lei ad osservare con venerazione quella fata minuscola, poi Greta la liberò e si confuse velocemente con le altre. Le mie dilette erano parte di quell'incanto, una sorta di fusione di varie forme di bellezza, come un sortilegio che le avvalorava in quella stessa vastità, partecipi di un mistero proibito e ineguagliabile. Nulla mi si presentò di più magico, lirico e poetico, di quel gruppo assorto nella contemplazione estatica dello straordinario fenomeno. Oh "incantagione"! Esistono luoghi avvolti da un mistero magico, non visibili al consueto sguardo, appartenenti a dimensioni intermedie che si svelano soltanto ad animi eletti.

Un mondo del *Mezzo*, quello abitato da creature fantastiche, oltre ogni limite di stupore? Sì, io quella notte lo vidi, fui partecipe di un sortilegio unico, ispirato e commosso, al fianco di meravigliose fanciulle, avvolte da miriadi di luci scintillanti color smeraldo, nel regno delle fate! Mi avvicinai ai lori visi raccolti, mentre stavano accosciate, vidi i capelli di ognuna espander riflessi, udii i loro respiri lievi ma profondi, le loro labbra schiuse palpitanti. Vagheggiavo lo sguardo sulle loro belle cosce: di Greta avvolte da candidi pantaloni attillati, di Estella scoperte da una gonnellina corta plissettata, di Margie esposte dai cortissimi shorts. Dentro quello scenario da sogno, mi colse un folle desiderio di baciarle, convinto che in quella circostanza, le loro labbra sarebbero state una concessione unica, un lusso incalcolabile! Sempre intimidito e ritroso ad osare, inizialmente, ma poi – mosso da una forza sconosciuta ed irrefrenabile – irresponsabile come sempre, azzardai ardendo di desiderio:

«Mi dareste un bacio, ragazze, per cogliere questa magia dentro di me?»

Si voltarono di scatto sorridendo appena, ma rimasero a fissarmi un po' incredule, un po' affascinate.

«La vuoi questa magia?» mi domandò Estella sfiorandomi il mento con dita calde, dal tocco lieve come petali di fiore.

«Sì, passatemela...!» le sussurrai estatico.

Estella accostò le sue labbra alle mie e si prodigò in un bacio morbido e succoso, e mi parve di svenire di piacere! Assaporai la sua saliva stravolto, di un retrogusto misto di mandorla e vino, mentre affondavo una mano in quella cascata di soffici ricci. Si staccò dopo un tempo abbastanza lungo ma pur sempre assai breve per me, che avrei voluto soggiacere a quella delizia in maggior misura, dandomi una carezza con la punta delle dita, spingendomi poi il viso verso Greta! Lei mi guardò negli occhi e poi mi si incollò alle labbra. Sentivo adesso la sua morbidezza premere maggiormente rispetto ad Estella, avvertii la lingua di lei farsi strada, un nuovo nettare di fanciulla mi gettava ebbro nel solito abisso del piacere; la bionda era molto generosa a passarmi il suo succo saporito, dolciastro e fruttato. L'estasi non aveva pari! Poi si staccò lentamente e mi indicò come fosse un ordine, ma con un certo languore nello sguardo, le labbra di Margie. Non credevo a quello che stava succedendo. La ragazzina esitò a cogliere il suo turno, titubante accostò le sue labbra alle mie, poi si girò e guardò le amiche che la incoraggiarono ammiccando; la sua testa fu premuta da Estella e anche lei finalmente mi baciò, con slancio insospettato. Un nuovo sapore! Più delicato ma ugualmente delizioso: di mosto dolciastro, una saliva che assaporai con gioia ineffabile, la sentivo scorrere tra la lingua e la gola. Margie aveva labbra molto bagnate ed elastiche. Si staccò con le lacrime agli occhi. L'accarezzai dolcemente, e vidi la sua commozione.

Ma cosa mi accadde!!! Quale nuova meraviglia! Che insperata sontuosità! Ero alle stelle! Le avevo baciate tutte, anzi... fui baciato da tutte e tre, mentre le lucciole intonavano il loro canto d'amore fatto di sola luce. Ci fu un lungo attimo di silenzio, ove nessuno dei quattro osò pronunciar parola, poi Estella decise di rompere l'incanto e si alzò dicendo:

«Proseguiamo?» Mi sentii come stordito dopo quelle effusioni e quei cari baci, e guardandomi attorno sorrisi grato alle lucciole che mi avevano portato fortuna, con la loro prodigiosa compagnia.

Quando avevo baciato le mie tre fanciulle, ricordo che solo la mia torcia era rimasta accesa, per cui tutto avvenne nella quasi totale oscurità. E le piccole lanterne verdi creavano un bagliore opalescente di magici brillii intermittenti che ci avvolgeva. Avanzammo cautamente restando in trepidante silenzio, bene attenti a dove mettevamo i piedi, nuovamente con le torce accese, puntate in basso per illuminare il sentiero pietroso e polveroso, cosparso da sporgenti radici nodose, sulle quali dovevamo stare molto cauti a non inciampare. Il canto delle cicale e dei grilli si levava a tratti, insistendo e poi cessando all'improvviso. Devo dire che, come le mie compagne, fui colto da brividi di paura lungo quel prudente cammino, specie quando sentimmo rumori di bestie nascoste, forse striscianti, o quando ci parve di ascoltare da lontano l'ululare di qualche lupo e poi ancora rumori e versi di bestie misteriose di cui non sapevamo né di che tipo fossero, né dove stessero di preciso, a quale distanza da noi, se alle nostre spalle o di lato, o lontano oltre il sentiero avanti a noi.

Ci fermammo ancora indugiando, alzando lo sguardo verso un cielo profondo e cupo, chiazzato di nuvolette color ardesia, un cielo seminascosto dalle scure sagome delle fronde degli alberi che si lanciavano sopra di noi dal lato destro del sentiero; in fondo, avanti a noi, un nulla tetro e spettrale, come l'antro di una caverna infinita, paurosamente inospitale. Pensai subito al pericolo dei cinghiali. Avevo sentito dire che solitamente non attaccano l'uomo, ma che tuttavia sono molto pericolosi, perché se infastiditi o se si sentono minacciati, possono improvvisamente caricare e lanciarsi verso una persona a grande velocità e provocare ferite mortali. Sono animali possenti, dal pelo scuro e setoloso, con un grugno da maiale e zampe tozze ma veloci. Stanno fra i boschi delle alture, ma possono anche scendere a valle e raggiungere le zone abitate per procurarsi cibo. Sono bestie che vagano spesso di notte, indisturbate e a volte con prole al seguito. Maria ci disse che proprio nel sentiero che stavamo perlustrando, più volte erano stati avvistati e alcuni avevano palesato una certa aggressività. Tuttavia, se l'uomo si tiene a debita distanza da loro, il pericolo di un attacco può essere scongiurato: ma il cinghiale non dubita neanche un attimo nel caricare una persona che incontra sul suo cammino, se sente che qualcuno sta invaden-

do il tratto di sentiero da lui occupato. È comunque un maiale selvatico dal temperamento aggressivo. Di questo parlammo, restando uniti nel buio, a bassa voce e facendocela quasi sotto al solo pensiero di incontrarne uno.

Allorché Margie disse:

«Oddio Oddio, basta ragazzi, torniamo indietro!»

«Io ho più paura delle vipere che dei cinghiali.» soggiunse Estella ridacchiando e poi emettendo un sospirone d'ansia.

«Guarda Estella, che le vipere di notte non ci stanno...!» la corresse energicamente Greta. Poi l'amica continuò: «A me invece fanno paura certi animali notturni... tranne ovviamente queste meravigliose cuccioline di lucciole!» e le indicò teneramente.

«Avanzare di notte su un sentiero che non si conosce è comunque azzardato; andare oltre effettivamente può essere pericoloso ragazze, credo proprio che non dobbiamo rischiare, sarebbe sciocco.» mi introdussi sospirando anch'io.

«Allora che facciamo? Finita l'avventura?» chiese Estella con voce da ninfetta delusa.

«No, ci fermiamo senza proseguire. Restiamo qui a goderci questa magia. Ok?» rispose Margie.

«Va bene, restiamo ancora un po', senza proseguire.» concluse Greta appoggiandomi una mano sulla spalla.

E così facemmo; restammo lì, avvolti dalla notte eterna, accuditi dalle lucciole, ascoltando trepidanti quel mondo nascosto che incombeva attorno a noi misterioso, incomprensibile, impenetrabile e immutato.

Lontano da noi, un capannello di gente festosa stava ancora ascoltando Dudi e la sua band. Chissà se aveva attaccato le note del rocambolesco pezzo: *"Moon family"*, che era il brano che io preferivo?

Capitolo XII

CONCLUSIONE

XII

Conclusione

Improvvisamente Estella volle proseguire ancora, non di molto disse, solo un pochino! per cui riprendemmo lenti la nostra perlustrazione del sentiero e arrivammo in un tratto dove il percorso si allargava; trovammo una piccola radura ricoperta di foglie e radici, una mescolanza di concime naturale di terreno umido, foglie e rami secchi. Attorno, quasi in circolo, le sagome alte, scurissime, delle conifere. Restammo in silenzio, di nuovo fermi ad ascoltare la notte, con le luci delle nostre torce puntate verso il fondo e ci parve di intravvedere una cupa strettoia, ove probabilmente nasceva un altro inquietante sentiero ingoiato dalla notte nera e insidiosa. In quel punto che avevamo raggiunto, in cui il sentiero si allargava, le lucciole si erano diradate notevolmente, e solo poche lucette intermittenti iridavano di smeraldo i bordi frondosi di quel breve spazio di sottobosco.

«Mi è sembrato di sentire un fruscio sospetto...» disse improvvisamente Margie animandosi.

«Ma che dici, io non ho sentito nulla.» replicò Estella.

«Facciamo silenzio, forse se c'è qualcosa lo sentiamo per davvero.» proposi io puntando la torcia tutt'attorno.

«Ma Lorenzo, ti dico che l'ho sentito!» ribatté Margie dandomi uno strattone al braccio.

«Ha ragione, anche io ho sentito qualcosa, ascoltate...» ribadì Greta.

Infatti da lì a poco sentimmo uno scricchiolio, come un crepitio di foglie e rami spostati, poi un fruscio e a sentire bene un odore pungente che colpiva l'aria: un sentore lieve, quasi impercettibile di selvatico. Facemmo roteare le luci delle nostre torce in ogni direzione; attorno a noi l'aria si stava facendo come pesante, stagnante.

Non vedemmo nulla di particolare ma tutti insieme sentivamo che c'era qualcosa o qualcuno nelle vicinanze, come una presenza misteriosa, un osservatore forse, nascosto, celato ai nostri occhi ma comunque presente, furtivo, minaccioso. Ci spostammo di qualche metro indietreggiando ma subito avvertimmo un secondo rumore, uno schiocco come di rami secchi spezzati e ancora un fruscio sinistro, poi un verso sordo e cupo. Le fanciulle si strinsero immediatamente a me, quasi abbracciandomi e avvicinandosi l'una all'altra coi corpi frementi; cominciarono a dare segno di impazienza e quindi di paura. La notte silvestre ci avvolgeva calda e sembrava ora esalasse vapori dal terreno: un umidore pregnante, un humus appiccicoso.

Non sapevamo, ahimè, eravamo completamente ignari, che l'artiodattilo, il *Sus Scrofa*, il temuto onnivoro la quale vita si svolge soprattutto di notte, era lì, presente a pochi metri da noi, nascosto in qualche anfratto oscuro, in qualche strettoia di pertugio boschivo! Coi suoi dannati sensi sviluppati, specie l'udito e l'olfatto, ci stava "ascoltando", ci stava "sentendo", ci stava astutamente "studiando"; cinico e infidamente in attesa, pronto a colpire forse, con un diabolico e inaspettato assalto letale.

Il cinghiale!

Lungo muso conico, maialesca estremità cartilaginea detto grugno; i canini sporgenti come zanne diaboliche, il corpo tozzo e scuro, setoloso, di un colore indefinito simile allo sterco; gli occhi infidi e piccoli, posti lateralmente e obliquamente su una testa grossa dall'espressione idiota; zampe corte munite di zoccoli fauneschi. Un animale buono solo da mangiare, considerato da sempre un potente avversario da temere, da cui stare il più possibile alla larga!

«Ragazze, temo che sia meglio allontanarci e tornare subito indietro!» consigliai ben deciso ad imporre loro la ritirata immediata.

Greta sembrò d'accordo, Estella mi prese per mano mentre facevo dietro front e per un po' si fece tirare:

«Dai Estella, muoviti, non mi piacciono affatto questi rumori...» dissi ansioso, tirandola ancora e mentre la trascinavo via sospinsi per le spalle Margie che mi era vicino, inducendola a retrocedere in fretta.

«Non mi piace... non mi piace...!» ripetei con un cattivo presentimento in corpo.

Vidi Greta allontanarsi per prima, camminare speditamente dalla parte opposta, ormai decisa a tornarsene. Estella, Margie ed io al seguito, mentre la bionda fanciulla ci aveva distaccati di una decina di metri. La vidi sparire dietro la curva quando Margie cacciò un urlo che infranse quel silenzio di morte. Mi voltai e lo vidi, il cinghiale, con gli occhi accesi di rosso, appena gli puntai la torcia contro. Sentii friggermi le vene, la sagoma scura ed enorme del diavolo ci era alle spalle, fermo in quella immobilità terrificante sulle zampe tozze, soffiando da quel grugno lungo e molle, studiarci in un breve preludio di imminente attacco! Estella strillò:

«Oddio, scappiamo!» Ci demmo ad una fuga furiosa, senza neanche immaginare che si potesse valutare l'ipotesi di restare fermi per non incitare maggiormente il cinghiale all'assalto. Ma nulla poté la ragione contro il terrore simultaneo che ci spinse senza quasi rendercene conto, ad una corsa folle e squilibrata.

«Greta corri, corri... il cinghiale!» le urlai, ma lei già correva, allarmata dalle grida di Estella e di Margie. Le torce, agitate nelle nostre mani per la fuga, lanciarono in qua e là bagliori sinistri, allungando le ombre a dismisura in uno scenario spaventoso di ondeggiamenti, in cui la vegetazione circostante e lo stesso accidentato sentiero, si fondevano in forme opalescenti qua e là irregolari e discontinue, tanto da accentuare, dilatare in noi a dismisura, l'immane terrore.

Mai provai uno spavento così bieco e devastante, mi pareva che tutto non avesse più suono né razionalità nello spazio attorno, mi sembrò non di avanzare su un piano solido ma di precipitare nel vuoto! Non so sino a che grado salì in noi il panico e quanto tempo trascorse prima di vedere la belva dietro di noi al galoppo (sì, perché il cinghiale è anche capace di galoppare), mentre mi gettavo verso la rupe che sporgeva alla mia destra, sotto un anfratto di roccia trascinando con me le due ragazze, incurante di quale schifo e insidia vi si celasse là sotto. Picchiai il ginocchio su una sporgenza, ma rimasi fermo con le ragazze sopra di me che urlavano. Riuscii appena a realizzare che Greta era ormai un bersaglio spacciato, che il cinghiale stava per travolgerla. Fu lì che pregai la Santa Vergine di salvarla. Poi la vidi sollevarsi di mezzo metro da terra, con un urlo agghiacciante, trascinata via, sparire nel sottobosco, essendo la sua posizione al limite del dirupo. Trasalii, stravolto dallo sgomento, cacciai un urlo anch'io..., le ragazze emettevano lamenti di pianto, poi oltre il limite del sentiero riconobbi la sagoma del cinghiale che correva verso il buio, sino a scomparire chissà dove tra la boscaglia.

Uscimmo da quel riparo e mi misi a chiamare Greta a squarciagola.

«Sono qui... sono qui... qualcuno mi ha salvata!» sentii la sua voce roca di pianto. La vidi apparire annaspando, sorgere dal dirupo del fitto bosco, con passo malfermo ma salva, e dietro di lei una figura massiccia, claudicante, una sagoma familiare, che ansimava e spingeva la ragazzina all'interno del sentiero. Lo riconobbi alla luce della mia torcia: era Franciuzzo!

Greta mi corse poi incontro singhiozzando, ci abbracciammo e così tutto il gruppo si strinse in un abbraccio liberatorio.

«Che spavento mio Dio!» disse Estella sconvolta e ognuna di loro si lamentava con frasi che cercavano consolazione reciproca.

Franco si avvicinò a noi come oppresso da una fatica immane, lo accolsi festosamente stringendogli la mano riconoscente:

«Ben fatto Franco, stai bene? Se non era per te... ma che ci facevi da queste parti?»

«Un po' rotto, ma sto bene... anf, anf..., c'è mancato un pizzichino che era spacciata, è stato terribile!» Tirò un sospiro, poi riprese un tantino confuso:

«Vi ho seguito perché volevo anche io giocare... all'avventura!» Era troppo buio per vederlo arrossire. Franco aveva mostrato gran coraggio e altruismo.

«Beh, fortuna che ci hai seguiti, e che cercavi l'avventura!» risposi sorridente e dandogli un buffetto sul naso.

«Grazie!» gli disse la bionda scampata e salvata e abbracciò, cogliendolo di sorpresa, colui che era stato il nemico di sempre! Franciuzzo restò immobile e batté poi la sua grassoccia mano sulla spalla di Greta. Anche le altre due lo ringraziarono, circondandolo affettuosamente, accogliendolo ora come un provvidenziale angelo custode.

«Voi tutte state bene?» chiesi mentre nei loro visi leggevo ancora i residui del grande spavento.

«Stiamo bene...» rispose Margie, poi accarezzandomi il viso aggiunse:

«Tu piuttosto, Lorenzo, zoppichi! Sei ferito?»

«Oh, non è nulla, devo essermi sbucciato un ginocchio quando vi ho trascinate lì sotto» ed indicai l'antro oscuro, «... ma credo nulla di rotto. Sentite, non è sicuro rimanere qui, dobbiamo andarcene in fretta. Se torna quella bestia siamo nei guai seri, forza... muoviamoci!»

«Ha ragione, mi vengono i brividi solo a pensarci, voglio

filarmela da questo posto...» replicò Estella trascinando per mano Greta e Margie. Quel luogo, poco prima luogo dell'incanto e della liricità, ora ci appariva avverso, quasi infernale!

«Presto, io quella bestiaccia non voglio più vederla, andiamo andiamo... via via!» si mise ad agitarsi Franciuzzo, scrollando le braccia e trotterellando in una mezza corsa verso la direzione del ritorno. Puntavamo le nostre torce ovunque, con una sensazione di minaccia costante alle spalle che ci faceva rabbrividire e menar di gamba all'impazzata.

Fu come una isola di salvezza la luce lontana della pensione La Mandragora e le sagome familiari delle stalle. Tornammo alla normalità, sorgendo dalla sordità del silenzio spettrale delle boschività insidiose, mentre pensai che persino le lucciole fossero ingannevoli. Nella corsa del ritorno non rammentai di averle più viste. Potevamo adesso udire, con un sollievo inesprimibile, la musica country di Dudi; il concerto, la festa, erano quasi alla fine. Chi era lì e si era divertito, fu ignaro di quanto ci era accaduto.

Varcammo il percorso sterrato come dei reduci scampati da chissà quale calamità. Eravamo oramai salvi e la corsa liberatoria verso La Mandragora ci fece prendere tutti per mano come fratelli e sorelle.

Maria diede a tutti una sgridata esemplare, di quelle fenomenali! Disse che era più di mezzora che ci cercava, molto preoccupata, in ansia soprattutto per le ragazze.

«Eravate qui alla festa, ascoltavate la musica, e poi improvvisamente siete spariti. Possibile che tu Lorenzo, che sei più grande, non capisci che andare per il sentiero di notte è pericoloso? Ve lo avevo detto dei cinghiali, vi avevo avvisato tempo fa. Siete proprio degli sconsiderati, degli stupidi senza cervello! Poteva accadere un tragedia e la responsabile di voi tutti qui sono io, soprattutto nei riguardi delle ragazze che sono minorenni. Se succedeva qualcosa di brutto, un incidente, mi avreste messa nei guai seri. Lo capite questo? Ma che vi è saltato in mente dico... eh? Lorenzo, ti credevo un ragazzo più maturo e assennato, invece hai agito da sciocco, facendoti trasportare da queste altrettante sciocchine. E poi Franco, scriteriato che non sei altro, anche tu! Non dovevi rischiare di andarli a cercare inoltrandoti nel bosco da solo, al buio, di notte! Chi ti aveva detto di muoverti? Quando ti avevo chiesto "sai dove sono gli altri ragazzi?" dovevi restartene fermo e se non li vedevi nei paraggi dovevi avvisarmi. Al massimo sarebbe venuto a cercarli Gino su per il sentiero che porta al bosco. Ma comunque che idea scema andare laggiù, di notte. Ma cosa vi è saltato in quella testa! Io qui ho dovuto badare alla festa, ai clienti, a servire da bere... non posso stare sempre dietro a voi, lo capite questo?»

«Ma Franco ci ha salvati, se non era per lui... specialmente io, sarei stata spacciata!» disse Greta sgranando gli occhi, e rivolta poi verso Franciuzzo gli sorrise prendendolo sotto braccio. Quel ragazzone deglutì il suo imbarazzo, annuì e non disse nulla, ma gli si leggevano in viso gioia e fierezza.

«Ho capito, grazie al Cielo che vi è andata bene. E se Franco non fosse stato capace di trovarvi, di arrivare al momento giusto? Se le cose fossero andate diversamente...?» ci guardò negli occhi con espressione piuttosto severa. Fece una pausa sospirando, poi continuò:

«Anche lui comunque ha rischiato per se stesso. Se malauguratamente vi perdevate? Voi non dovevate muovervi di qui, questa è la verità; senza lucciole, senza passeggiata avventurosa o quant'altro. Non dovevate muovervi. Punto e basta! Non era sufficiente la festa per divertirvi?»

Maria aveva tutte le ragioni del mondo; avevamo sbagliato ed io mi sentii ancor più in colpa per essermi fatto trasportare dalle ragazze, dal loro entusiasmo..., e non lo nego, anche dall'eccitante idea di cogliere l'opportunità di trovarmi per un po', tutto solo, in loro compagnia. Gino non ci sgridò; sua moglie aveva già detto e fatto quel che serviva. Anzi, sorridente, con fare malleabile, ci portò da bere una bibita e una fettina di crostata per ciascuno. Mentre assistevamo al lento smontare degli strumenti della band, da parte del bravo chitarrista Dudi, il quale era attorniato da gente allegra e soddisfatta, con ancora in mano un boccale di birra, una fetta di dolce ed anche un foglio su cui farsi rilasciare l'autografo, io e le mie fanciulle, assieme al coraggioso Franciuzzo, ci portammo silenziosi e composti verso lo steccato del maneggio, dal lato vicino alla pensione.

La notte ora pareva riprendersi la calma naturale, avvolgendoci un po' malinconicamente, come una morbida coperta. Ricordo che sentii un singulto di commozione nell'animo, che mi riscaldò il cuore, quando vidi Greta abbracciare di nuovo Franciuzzo; mentre parlavamo fra noi ricordando e riflettendo, fissavo compiaciuto la mano di Greta che adesso era posata affettuosamente su una spalla di Franco, mentre Margie, a sua volta, gli aveva preso una mano e gliela stringeva ed Estella che sorridente, con spontaneo candore, poco dopo schioccò un bacio dolcissimo su una delle paffute guance del ragazzone.

Lo vidi sorridere e arrossire; si notava come una luce effondersi dai suoi occhi ora umidi, e si capiva la sua felicità, la sua gioia infantile di averle conquistate finalmente...! seppur in un contesto carico di eventi che era saggio e opportuno dimenticare.

Ed è così che tutto se ne va...

In quella conca lussureggiante del crinale tosco-romagnolo, in quel paese ove esiste tutt'ora – e Dio ne conservi a lungo l'onesta attività – l'agriturismo La Mandragora, io vissi in quegli anni qualcosa di unico ed irripetibile, in quel candore e incanto che solo talvolta la nostra vita regala, concedendoci uno stato di grazia raro ed incommensurabile.

Non vidi più le due fanciulle Estella e Margie, mentre mantenni spesso i contatti con Greta nella mia città; venne alcune volte nel mio studio, la fotografai e ne dipinsi alcuni ritratti. Tornai a La Mandragora qualche anno dopo, poiché in seguito raggiunsi d'estate la mia dimora antica in Calabria, ove vissi altrettante serene estati. Tornando a Monteluna, e perciò all'agriturismo, non fu mai la stessa cosa. Rividi quei posti, che in tempi successivi mutarono tristemente, e la memoria, ogni qual volta vi sono tornato per cavalcare, mi strappava al presente, riconducendomi a quegli istanti in cui ero con le mie fanciulle nel tempo di allora, alimentato da quella magia mai più ritrovata. E mi saliva in seno una commozione infinita che di sovente mi stillava lacrime.

Dove siete fanciulle, dove sono le vostre voci squillanti, il vostro brio seducente di ninfette raggianti in cui tutto brillava come non ha mai più brillato nella mia vita?

Dove siete dolci sguardi adolescenti, dove il grande fervore delle vostre anime che mi ha sedotto, avvolto di straordinaria grandezza e stupore, di infinita poesia in quei giorni benedetti? Dove sei mia amata, fuggita giovinezza?

Io, in quegli anni mirabili..., vissi una parte di infinito!

-FINE-

INDICE

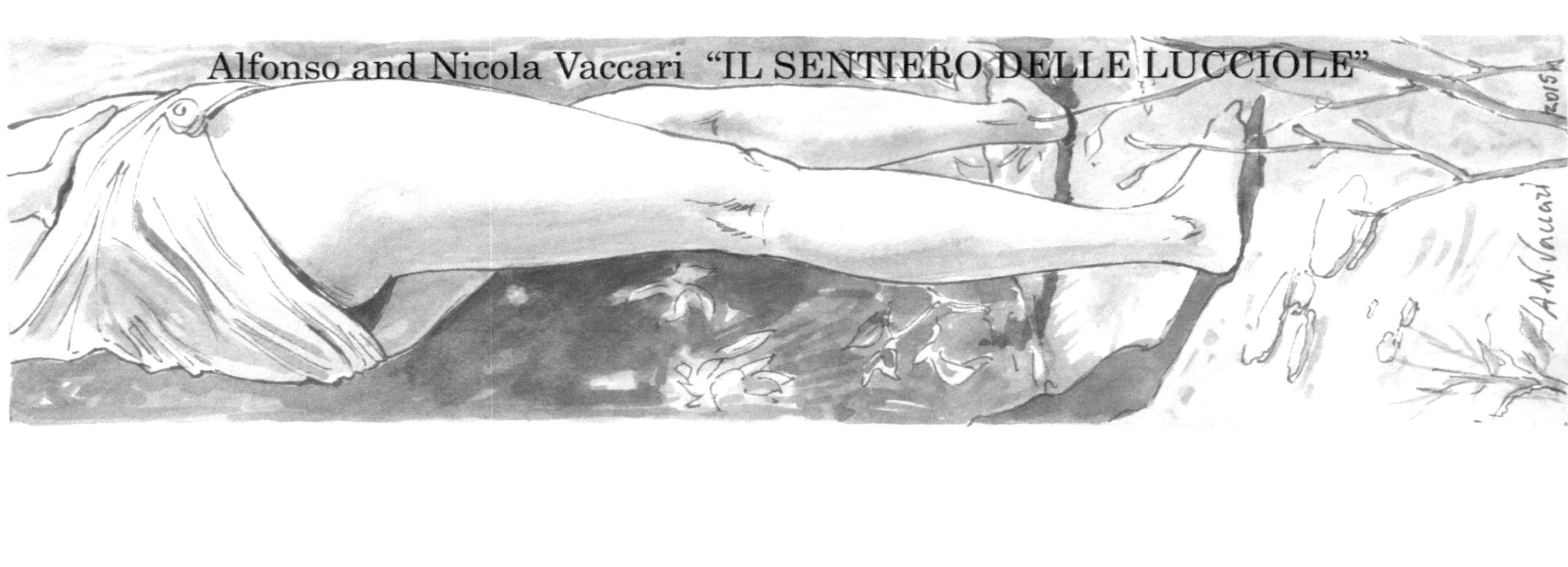

Alfonso and Nicola Vaccari "IL SENTIERO DELLE LUCCIOLE"
A.N.Vaccari   2015

Alfonso and Nicola Vaccari "IL SENTIERO DELLE LUCCIOLE"

 ISBN : 9781911424017
SKU/ID: 9781911424017

Copyrighted Work by Patamu.com
Register No. 24564